# 文学理论与问题研究

辛福军　史成业◎著

吉林出版集团股份有限公司
全国百佳图书出版单位

图书在版编目（CIP）数据

文学理论与问题研究 / 辛福军 , 史成业著 . -- 长春：吉林出版集团股份有限公司 , 2024.8. -- ISBN 978-7-5731-5696-9

Ⅰ . I0

中国国家版本馆 CIP 数据核字第 2024E6U356 号

## 文学理论与问题研究
WENXUE LILUN YU WENTI YANJIU

| 著　　者 | 辛福军　史成业 |
|---|---|
| 责任编辑 | 息　望 |
| 封面设计 | 守正文化 |
| 开　　本 | 710mm×1000mm　　1/16 |
| 字　　数 | 130 千 |
| 印　　张 | 7 |
| 版　　次 | 2025 年 1 月第 1 版 |
| 印　　次 | 2025 年 1 月第 1 次印刷 |
| 印　　刷 | 天津和萱印刷有限公司 |

| 出　　版 | 吉林出版集团股份有限公司 |
|---|---|
| 发　　行 | 吉林出版集团股份有限公司 |
| 地　　址 | 吉林省长春市福祉大路 5788 号 |
| 邮　　编 | 130000 |
| 电　　话 | 0431-81629968 |
| 邮　　箱 | 11915286@qq.com |
| 书　　号 | ISBN 978-7-5731-5696-9 |
| 定　　价 | 42.00 元 |

版权所有　翻印必究

# 前　言

如今，科学技术和信息技术对社会的发展和转型的影响越来越大。

除了技术的发展给人带来的冲击，思想上的嬗变也如火如荼。当文艺复兴把上帝从高高在上的宝座上请下来之后，人就成了思想的主人。哈姆雷特感叹道："人类是一件多么了不得的杰作！多么高贵的理性！多么伟大的力量！多么优美的仪表！多么文雅的举动！在行为上多么像一个天使！在智慧上多么像一个天神！宇宙的精华！万物的灵长！"然而，经过启蒙主义的春天后，不甘寂寞的西方思想者马上又把自己打翻在地，格奥尔格威廉·弗里德里希·黑格尔（Georg Wilhelm Friedrich Hegel，1770—1831）刚说"艺术死了"，弗里德里希·威廉·尼采（Friedrich Wilhelm Nietzsche，1844—1900）就惊呼"上帝死了"，米歇尔·福柯（Michel Foucault，1926—1984）发现"人也死了"之后没多久，罗兰·巴特（Roland Barthes，1915—1980）又发现"作者死了"，斯蒂芬·威廉·霍金（Stephen William Hawking，1942—2018）说"哲学死了"，J. 希利斯·米勒（J.Hillis Miller，1928—2021）说"文学死了"。时下，人们更青睐碎片化的并不占用人们很多时间却又快速给人带来乐趣的文学，因此，大众文学越来越流行。

科幻文学和科学技术相结合，通过虚构一个科幻的世界，成功地吸引了人们的注意力，如《三体》就是一部非常优秀的科幻著作。科幻文学向人们展示了各种炫酷的科技和匪夷所思的想象世界，将其通过现代的声光电技术呈现在屏幕上，无疑非常吸引眼球。在科幻的世界里，时空呈现出新的特点，十亿百亿光年的距离瞬息可达，千年万年的时间纵横来去，世界和历史如同孩子手中的玩具一样予取予求。弗里德里克·詹姆逊（Fredric Jameson，1934—　）在《未来考古学：

乌托邦欲望和其他科幻小说》中说道："在我看来非常重要的一点是要坚持（科幻）叙事的认知性和实验性的功能，其目的是将它与其他更可怕的对来自外部世界的意识进行封锁的表现形式区别开来。科幻小说作为形式的一个最重要的可能性正是为我们自己的经验宇宙提供实验性变种的能力。"畅销科幻小说《三体》的作者刘慈欣也说："主流文学描写上帝已经创造出的世界，科幻文学则像上帝一样创造世界再描写它。"这样，在后现代主义把"宏大叙事"消解以后，科幻文学把宏大叙事提升到了宇宙这一尺度上。

人类生活在这个世界上，不仅有着物质的需求，更重要的是，还有着精神的需求。特里·伊格尔顿（Terry Eagleton，1943— ）认为，在后宗教时代，文学替代了原来宗教的角色，成为意识形态的传播手段，而文学的本质特点在于审美，于是，审美成为守护存在、拯救人性的力量。审美精神的超越性内涵必然会重新哺育和铸造人的灵魂，使人性走向完善。中国著名的文学家巴金曾经说："人为什么需要文学？需要它来扫除我们心灵中的垃圾，需要它给我们带来希望，带来勇气，带来力量。"

艺术审美与人的本质紧密相连，通过审美，人们就能在心灵上超越物质世界的束缚，获得精神的提升和境界的超越，从而提高生活和生命的质量，让心灵得到一个休憩的港湾。

本书作者从文学的起源说起，研究了文学的本质和文学的价值功用，最后又讨论了"文学终结论"，从分析文学中最基本问题入手，分析了文学在人类精神家园的建设中不可替代的作用，论述了"文学不死"的命题。

# 目 录

第一章 文学的起源 ················································································ 1
 第一节 模仿说 ················································································ 7
 第二节 劳动说 ················································································ 10
 第三节 情感说 ················································································ 14
 第四节 巫术说 ················································································ 16
 第五节 文学起源的其他理论 ······························································ 19

第二章 文学的本质 ················································································ 25
 第一节 文学本质的讨论 ···································································· 26
 第二节 文学的本质主义和非本质主义论争 ··········································· 32
 第三节 文学性问题 ·········································································· 38

第三章 文学的功用 ················································································ 45
 第一节 文学的教化功用 ···································································· 49
 第二节 文学的审美功用 ···································································· 54
 第三节 文学的认识功用 ···································································· 59
 第四节 文学的娱乐功用 ···································································· 65
 第五节 文学社会功用的多元共存性 ····················································· 69

第四章 关于"文学之死"的讨论·····················77
  第一节 当下文学的处境·····················78
  第二节 "文学终结论"探因·····················82
  第三节 文学尚未终结·····················88
  第四节 发展的文学观·····················94

后　　记·····················99

参考文献·····················101

# 第一章　文学的起源

在古希腊时期，并没有"文学"这一概念，只有史诗、戏剧、悲剧等特定的体裁。"literature"一词首次出现在英语中大约是在14世纪，它源自拉丁语literatura/litteratura，意思是"学问、写作、语法"。后来，该词的意义慢慢发生了改变，到19世纪之前，该词主要指的是"著作"或者"书本知识"。在欧洲语言中，含有现代意义的"文学"一词起源于19世纪。纯文学观念始于18世纪法国艺术理论家查里斯·巴托（Charles Batteux，1713—1780），他在《论美的艺术的界限与共性原理》一书中将诗歌（包括戏剧）、雄辩术、音乐、舞蹈、绘画、雕刻和建筑等一起归类于"美的艺术"，即"艺术"。后来，"经由同时期及之后的古典美学家如维柯、文克尔曼、莱辛、鲍姆加登、康德、席勒、谢林、黑格尔等人从美学理论上确立了诗作为感性认识具有的想象性、虚构性和情感性等审美性质和特征，再经由18世纪前后一大批作家，特别是19世纪的浪漫主义文学运动，促成了西方重抒情、重个性表达的现代意义上的纯文学观念。"[1] 现代意义上的文学观强调虚构性和形象性。1800年，法国批评家斯达尔夫人（Germaine de Staël，1766—1817），出版了《从文学与社会制度的关系论文学》一书，标志着现代意义的"文学"概念得以确立。到了20世纪初，俄国形式主义登上历史舞台，罗曼·雅格布森（Roman Jakobson，1896—1982）明确提出了"文学性"这一概念，维克托·鲍里索维奇·什克洛夫斯基（Viktor Shklovsky，1893—1984）则提出著名的"陌生化"理论，后来的英美新批评也相继提出对文本的

---

[1] 叶淑媛."文学"观念的历史发展与变迁[J].海南师范大学学报（社会科学版），2022，35（5）：27-35.

重视和"细读",这样,文学研究的重点由"外部研究",即研究与文学作品相关的作者和社会背景等,转向作品的"内部研究",即作品的文本和语言。这样一来,文学研究的范围进一步收窄。这种专注于文本和语言的研究持续了30年,到20世纪50年代后期,人们发现,"形式主义文学批评之所以片面,在于其忽视作家创作文本时的价值心态或价值活动现象与文本的潜在价值有着密切的内在关联性。同时,从读者通过对作品的阅读接受,使文本的价值潜能得以释放并最终实现(文学价值)自身这点来看,读者接受过程中的评价现象、价值心理等也是文学价值的决定因素之一"[①]。于是,人们又从"内部研究"再次转向"外部研究",由此,文学的"文化研究"兴盛起来,甚至很多的文学研究蜕变成了文化研究。

在中国,"文学"一词在汉语中最早出现于《论语》之《先进篇》:"德行:颜渊,闵子骞,冉伯牛,仲弓。言语:宰我,子贡。政事:冉有,季路。文学:子游,子夏。"意思是说颜渊、闵子骞、冉伯牛、仲弓的德行好;宰我、子贡则擅长辞令;冉有、季路长于政事;子游、子夏则文章博学,通晓文献。

"文章博学"是古代中国文学的核心内涵,其具体的用法在不同的时代有着不同的外延。例如,周德波在《"文学概念"的历时涵化和中西会通》一文中作出了比较科学的概括,他指出,文学可以指公职以及任此公职的人员,再就是和这个公职及人员相关的才能、文体等。汉代以后,文学一词进而涵盖了经学、五言诗,甚至包括俗文学如"词"等。魏晋南北朝时期,文学主要指韵文与散文两大类。清末,章炳麟(1869—1936)在《文学总略》中说:"文学者,以有文字著于竹帛,故谓之文;论其法式,谓之文学。"1897年,来华的美国传教士林乐知(1836—1907)在他的《文学兴国策》中说文学就是文化教育。1910年,林传甲(1877—1922)出版了《中国文学史》一书,他把经、史、小学都包括在文学之内。1918年,谢无量(1884—1964)在他的《中国大文学史》中也有对文学的范围作

---

[①] 敏泽,党圣元.文学价,值论[M].北京:社会科学文献出版社,1999.

出精确的界定。1931年，胡云翼（1906—1965）出版了《新著中国文学史》，他在自序中把诸子哲学、经学、史学、理学、文字学等都包含在文学史里面。鲁迅认为，晚清以后，"文学"这一概念有了变化，新的意义译自英文，经由日本输入。"文学"的意涵因时代而变。这种在历史语义学意义上的特质使得"literature"一词在中西文化交流中拥有会通的可能性。

自五四运动开始，以想象和虚构为主要特点的西方文学观念在中国得到了普遍接受，中国以往那种诗歌一家独大的现象有了改变。跟诗歌相比，小说和戏剧等文学的地位有了极大的提升，和诗歌并列为文学的重要组成部分，尤其是到了"五四"时期以后。这对中国的社会和文化产生了重要的影响。由于中国社会的特殊历史时期的需要，文学在人们的社会生活中变得越来越有影响力，在某些时候文学甚至被赋予了对知识和价值重整的功能。中国近代学者黄人（1866—1913）总结了文学的六个特质："文学者，虽亦因乎垂教，而以娱人为目的；文学者，当使读者能解；文学者，当为表现之技巧；文学者，摹写感情；文学者，有关于历史科学之事实；文学者，以发挥不朽之美为职分。"[①] 黄人之后，现代纯文学观念在中国得到了学界的广泛接受。

周作人（1885—1967）也曾给文学下过一个广为引用的定义：文学即人学。当然，这种说法未免流于笼统和模糊，文学是人学，即关于"人"的学科，那么，其他学科诸如历史学、政治学、心理学等，不也都是人学吗？当口头语言或文字在记录的基础上被赋予其他思想和情感，并具有了艺术之美，这口头语言或文字就成了文学艺术。"文学是用来抒发自然性情、表达自我个性并用形象的方式去表现自我感受的，因而情感个性、故事情节、人物形象逐渐占据了文学研究的主要空间，即使要研究作家作品的思想内涵，也一定要通过形象的方式加以说明。这似乎已成为文学研究的基本内涵与价值判断的主要依据。"[②]

---

① 黄人. 黄人集[M]. 江庆柏，曹培根，整理. 上海：上海文化出版社，2001.
② 左东岭. 中国古代文学研究的原发性问题[J]. 文艺研究，2021（8）：41-51.

现在,"文学"是重要的人文学科之一,形式庞杂,诸如诗歌、散文、小说、戏剧、剧本、寓言、童话等都隶属于文学的范畴。广义的"文学"是指所有用文字写成的著作,囊括了除物质文明之外的所有人类精神文明结晶。狭义的"文学"包括漂亮的言语和辞章,把重实用的申请书、介绍信、公文等实用文体排除了,这样一来,"文学"的概念就缩小为一种语言艺术,指人们用独特的语言艺术表现其独特的心灵世界的作品。

对于文学的定义,可以说是众说纷纭。然而,不管怎么定义,有几个方面是绕不开的:文学的媒介是口语和文字,文学既能表达主观的情感和认知,又能认识客观世界,这些说法当然是不够确切的,事实上,人类迄今为止所建立的学科少有不是认识客观世界和表达主观认知的。由上述可见,文学的定义和范围并没有一个公认的放之四海而皆准的说法。特里·伊格尔顿(Terry Eagleton,1943— )经过研究发现,文学的定义极为多样,每一种定义都缺乏逻辑上的普遍性,因而他从根本上否定了"文学的本质"这种说法。他认为,"文学"这一概念具有历史的特定性。与之相适应,文学的源头说也是五花八门。由上述说法来看,给文学下一个准确的定义是非常困难的,我们不妨另辟蹊径来进一步了解文学。我国著名美学家朱光潜(1897—1986)在他的《诗论》里曾经说过:"想明白一件事物的本质,最好先研究它的起源;犹如想了解一个人的性格,最好先知道他的祖先和环境"。当代学者曾艳兵和崔阳也持有相同的观点,他们在《西方文学"源头说"之源头》一文中说道:"对于文学研究者而言,对文学的精神实质的探讨和对于文学渊源的追溯,同样重要和意义深远。寻本探源,对源头的探究有利于认识当今西方文学的特质和精神……然而,这个源头其实并不确定。"[①]

德国艺术史家格罗塞(Ernst Grosse,1862—1927)主张到文化起源的地方去探索艺术的起源。众所周知,西方文化的源头是古希腊文明,古希腊文明的源头

---

① 曾艳岳,崔阳.西方文学"源头说"之源头[J].学习与探索,2020(8):162-167,176.

是克里特文明，而克里特文明则起源于东方。西方文学的公认源头是古希腊神话，但是，有文字记载的古希腊神话其实也是一件很模糊的事情。最早的文学形式是口头文学，它出现在文字之前。随着希腊迈锡尼文明的灭亡，它的文字和以这种文字所承载的文明和文化也大部消散在历史的迷雾中。古希腊文明源远流长，当今的希腊文显然离古希腊的文字和文学相差较大，那么，我们现在所知道的以当今的希腊文记载的文学，特别是荷马史诗等的世俗文学到底可不可以认定为欧洲文学的源头？更何况，对于"荷马"Homer这个人在历史上究竟是否实有其人也是存疑。一来，关于荷马的资料实在是少得可怜，二来，在古希腊也并没有找到第二个姓荷马或者名字叫荷马的人，甚至有人考证说，荷马可能不是一个完整的名字，荷马这个词原意是指"人质"，它或许是一个缩写的昵称。然而，从时间和内容上看，以及以人类当前所掌握的资料来看，我们所能确定的西方文学的源头大体上也只有古希腊神话了。"希腊神话不只是希腊艺术的武库，而且是它的土壤。"[1] 即便如此，我们现在所能够看到的关于古希腊神话的原始材料也非常有限。法国思想家让-皮埃尔·韦尔南（Jean-Pierre Vernant，1914—2007）考证说，古希腊语境中的"神话"（muthos）一词指的是"讲话""叙述"。"如此，当神话不是以神话所固有的口耳相传的形式传达给我们，而是以非神话的书面语言的形式呈现给我们，那么，这仍然还是神话吗？"[2] 因此，一些学者明确地断言，所谓的真正的西方文学源头已不可考证。但是，鉴于文学源头问题的极端重要性，依然有很多的学者继续"焚膏油以继晷"，坚持对西方文学的源头进行不断地研究和考证。当下对于文学起源的研究主要通过如下途径：一是对史前遗迹的考察和研究，二是对现存的远古文学作品进行研究，三是从儿童心理学的角度来推论原始人的理解能力和心理活动。概括起来，影响力较大的主要有以下几种理论：模仿说、情感说、巫术说、劳动说。除此之外，还有很多其他的颇有创意的理论，

---

[1] 马克思，恩格斯. 马克思恩格斯选集：第2卷[M]. 中共中央编译局，编译. 北京：人民出版社，1995：28-29.
[2] 曾艳兵. 西方文学源头考辨[J]. 外国文学研究，2018，40（6）：153-163.

如从生殖崇拜上或者从日常游戏上或者从天上的神灵上另辟蹊径。我们主要分析这几种影响力最大的理论，其余理论则统一论之。

通过对历史资料和儿童语言习得和心理发展的特点，现在一般认为，最早出现的两种文学类型应该是原始神话和原始诗歌。"从产生的先后说，原始诗歌应更早于原始神话，原始诗歌是最早的文学形式。"[①] 它们在文字产生以前的远古时期口耳相传，因此，"理清诗歌起源问题也就理清了文学起源问题"[②]。《宋书·谢灵运传》记载，南朝文学家沈约（441—513）亦主张："歌咏所兴，宜自生民始也。"[③] 有些学者也持有类似的观点。以中国为例，根据学者张斌考证，中国最早的文学应该是二言诗，因为，"二言诗结束了有声无词的前语言状态，使前语言状态的咏叹语仅仅成为二言诗的暂时附庸"[④]。虽然有些学者从考古的角度有不同的论证，比如，"散文早于诗歌，中国诗歌的起源，来源于礼乐制度的需要，中国诗歌之产生里程，概略而言，先以散文体裁写出祭祀祖先的文字，然后配乐以合于礼仪，音乐的节奏音律导引了后来祭祀文字的写法，诗歌体裁遂由散文体裁中借助音乐的载体蜕变而出，从而有了诗歌这种形式"[⑤]。但是，根据语言和文字的关系看，语言的出现必然是早于文字的。就拿当今世界上的语言来看，绝大部分语言没有自己的文字，那么，推测口头文学必然是先于以文字记载的文学应该是没有问题的。如果对文学做进一步的概括，文学有狭义、广义之分。狭义的文学是强调审美和情感的语言艺术；广义的文学，按照中国古文学家、教育家钱基博（1887—1957）的界说，"则述作之总称也"。文学既为诉诸审美和情感的语言艺术，那么，在一般的人类社会生活中，人们兴之所至，又或悲从中来，口中做"述"而抒情，是再正常不过的事情了。

---

① 杨艳梅.从文学起源看原始诗歌的文学特征 [J].北方论丛，2002（4）：69-72.
② 孙金荣，孙文霞.先秦农事诗与先秦农业——兼论文学起源问题 [J].中国农史，2018，37（1）：3-15.
③ 沈约.宋书 [M].何怀远，贾歆，孙梦魁，编.呼和浩特：远方出版社，2006.
④ 张斌.二言诗与中国文学的起源 [J].嘉应大学学报（社会科学），1998（4）：47-53.
⑤ 木斋，祖秋阳.中国文学起源问题重议——从甲骨文与中国文字起源发生说起 [J].安徽师范大学学报（人文社会科学版），2014，42（4）：410-417.

## 第一节 模仿说

人有模仿的天性,"模仿说"在西方有着悠久的历史,很多古希腊的学者如德谟克利特(Demokritos,约前460—前370)、柏拉图(Plato,前427—前347)和亚里士多德(Aristotle,前384—前322)等都支持"模仿说"。德谟克利特认为,人类就是大自然的小学生。因为看见了蜘蛛吐丝结网,于是人类学会了织布和缝补;因为看到了燕子衔泥做窝,人类就学会了建造房屋;因为听到了天鹅和黄莺等鸟儿的啼鸣,人类就学会了歌唱。柏拉图虽然是亚里士多德的老师,但是他们的"模仿说"明显不同。柏拉图认为生活是对理式(或理念)的模仿,而艺术则是对生活的模仿,因此,艺术与真理隔着两层。亚里士多德则否认理式的存在,他认为艺术单纯就是对现实生活的"模仿",是人对客观事物的被动临摹,是人类的本能。亚里士多德在其《诗学》中说:"模仿出于我们的天性,而音调感和节奏感(至于'韵文'则显然是节奏的段落)也是出于我们的天性,起初那些天性最富于这些资质的人,使它一步步发展,后来就由临时口占而作出了诗歌。"[1]

有人研究了迄今为止世界各地所发现的原始绘画和原始人的石器以及雕塑,得出结论说:它们显而易见的是对自然界事物的模仿。"人类从这种模仿和表现中确证了自己的创造力,从而感到审美的愉悦。"[2] 有人也可能会质疑说文学是语言的艺术,和绘画雕塑等艺术形式不同,然而,所有的艺术都拥有一个本质的特点,那就是审美愉悦。在原始人类那里,各种的艺术形式应该是混杂在一起的。《尚书·尧典》记载:帝曰"夔,命汝典乐,教胄子,直而温,宽而栗,刚而无虐,简而无傲。诗言志,歌永言,声依永。律和声,八音克谐,无相夺伦,神人以和。"

---
[1] 亚里斯多德,贺拉斯. 诗学·诗艺[M]. 北京:人民文学出版社,1979.
[2] 张炯. 文学艺术起源新探[J]. 文学评论,2016(3):35-42.

夔曰："於，予击石拊石，百兽率舞。"这段话描写的就是古代诗、乐、舞集于一体的状况。朱光潜说，"现在姑举最著名的澳洲土人'考劳伯芮舞（Conroberries）'为例。这种舞通常在月夜里举行，舞时诸部落集合在树林中一个空场上，场中烧着一大堆柴火。舞者在膝盖上绑着一块袋鼠皮。指挥者站在她们和火堆之中间，手里执着两条棍棒。他用棍棒一敲，跳舞的男子们就排成队伍，走到场里去跳。这时指挥者一面敲棍棒指挥节奏，一面歌唱一种曲调，声音高低恰与跳舞者节奏快慢相应。妇女们不参加跳舞，只形成一种乐队，一面敲着膝盖上的袋鼠皮，一面拖着嗓子随着舞的节奏唱歌。她们歌唱的歌词字句往往颠倒错乱，不成文法，没有什么意义，她们自己也不能解释。歌词的最大功用在应和跳舞节奏，意义并不重要。有意义可循的大半也很简单，例如：那永尼叶的人快来了，那永尼叶的人快来了，他们一会儿就来了，他们抬着袋鼠来，踏着大步来……"[①]。同样，格罗塞也考察了许多原始部落的艺术，在《艺术的起源》里他说道："音乐在文化的最低阶段上显见得跟舞蹈、诗歌结连得极密切。"如果我们仔细考察一下舞蹈艺术，就会发现，通常人们在舞蹈的时候都是需要音乐来伴奏的，因为，音乐能够增加舞蹈的魅力，同时又给舞蹈提供节奏，这种音乐和舞蹈紧密结合的情况不只存在于古代的歌舞，就是现在也是如此。

古希腊人"艺术乃是自然之模仿"的理论在欧洲影响极大，该理论自古希腊文学诞生以来在西方的文艺史上就被奉为圭臬并持续了两千年。中国维吾尔族学者法拉比被誉为"东方的亚里士多德"。他在著作《诗论》里面强调了模仿的重要性。他认为，模仿是文学的根本之源，文学模仿社会生活，描述和比拟都是重要手段；他甚至认为语言也是由对事物的模仿构成。

这种观点的主要问题在于，文学的起源和文学创作者的个体心理根源并不是简单的对应关系，从文学创作主体的心理动因和心理过程去推究文学的起源显然是过于简单化了。

---

① 朱光潜.诗论[M].武汉：武汉大学出版社，2009.

今天依然信奉模仿说的艺术研究者有了更多的选择，尤其是经过后现代主义思想洗礼之后，人们看待世界、看待艺术的理念有了很大的不同。实际上原始的岩画壁画形成的原因极为复杂，其背后的意义也混沌难辨。当然，单纯就描摹动物的形象而言，古人使用了模仿的手法。今人学习绘画之初，描摹静物的时候，或者外出写生的时候，模仿也是最重要的方法。试想一下，当原始居民艰难地生活在这片大地上的时候，大自然是他们生活的场所，也更是他们的老师，即便是今天，人类都不可能完全无视大自然的伟大和神奇，"仿生学"学科就足以说明问题了。法国史学家兼批评家伊波利特·阿道尔夫·丹纳（Hippolyte Adolphe Taine，1828—1893）说过，"用模子浇筑是复制实物最忠实最到家的办法，可是一件好的浇筑品当然不如一个好的雕塑……在另一部门内，摄影是艺术，能在平面上靠线条与浓淡把实物的轮廓与形体复制出来，而且极其完全，绝不错误。毫无疑问，摄影是绘画很好的助手；在某些有修养的聪明人手里，摄影有时也处理得很有风趣；但绝没有人拿摄影与绘画相提并论……再举一个最后的例子，假定正确的模仿真是艺术的最高目的，那么你们知道什么是最好的悲剧、最好的喜剧、最好的杂剧呢？应该是重罪庭上的速记，那是把所有的话都记下来的。可是事情很清楚，即使偶尔在法院的速记中找到自然的句子、奔放的感情，也只是沙里淘金。速记能供给作家材料，但速记本身并非艺术品"[①]。

丹纳的话语是对于艺术品的真知灼见，也从另一个角度证明了艺术里面有着模仿的成分，但是模仿本身并不使得一件东西成为艺术品，这在文学领域同样是适用的。丹纳说："在文学方面亦然如此。半数最好的戏剧诗，全部希腊和法国的古典剧，绝大部分的西班牙和英国戏剧，非但不模仿普通的谈话，反而故意改变人的语言。每个戏剧诗人都叫他的人物用韵文讲话，台词有节奏，往往还押韵。这种作假是否损害作品呢？绝对不损害。现代有一部杰作在这方面所作的试验极

---

[①] 丹纳.艺术哲学[M].傅雷，译.合肥：安徽文艺出版社，2016.

有意义；约翰·沃尔夫冈·冯·歌德（Johann Wolfgang von Goethe，1749—1832）的《依斐日尼》先用散文写成，后来又改写为诗剧。散文形成的《依斐日尼》固然很美，但变成诗歌后更了不起了。显然因为改变了日常的语言，使用了节奏和音律，作品才有那种无可比拟的声调，高远的境界，从头至尾气势壮阔，慷慨激昂的歌声，使读者超临在庸俗生活之上，看到古代的英雄，浑朴的原始民族：那个庄严的依斐日尼既是神明的代言人，又是法律的守卫者，还是人类的保护人；诗人把人性中所有仁爱与高尚的成分集中在她身上，赞美我们的族类，鼓舞我们的精神。"①

## 第二节 劳动说

有些人类学家在研究原始的部落社会时发现，热带雨林地区植物繁盛，动物众多，生活在这些地区的原始部落生活不是那么艰难，甚至相反，物质生活还比较丰富，比如，布伦尼斯洛·马林诺夫斯基（Malinowski, Bronislaw Kaspar, 1884—1942）在他的《西太平洋上的航海者》一书中描绘的特罗布里恩人活得很富足，因为丰富的自然资源，他们的生活资料来源是很充足的。鲁迅先生说："我们的祖先的原始人，原是连话也不会说的，为了共同劳作，必须发表意见，才渐渐练出复杂的声音来，假如那时大家抬木头，都觉得吃力了，却想不到发表，其中有一个叫道'杭育杭育'，那么，这就是创作，大家也要佩服，应用的，这就等于出版，倘若用什么记号留存了下来，这就是文学。"②作为著名的文学家和思想家，鲁迅的观点自然给"劳动说"提供了有力的支撑。再如，冯梦龙（1574—1646）在《东周列国志》里面有这样一段描述：（齐国在征战山戎的时候）"诸将禀称：'山高且险，车行费力。'管仲曰：'戎马便于驱驰，惟车可以制之。'乃制

---

① 丹纳. 艺术哲学 [M]. 傅雷, 译. 北京: 人民文学出版社, 1986.
② 鲁迅. 鲁迅全集 [M]. 北京: 人民文学出版社, 2005.

上山下山之歌，使军人歌之。"

《上山歌》曰：

> 山嵬嵬兮路盘盘，
> 木濯濯兮顽石如栏。
> 云薄薄兮日生寒，
> 我驱车兮上巉岏。
> 风伯为驭兮俞儿操竿，
> 如飞鸟兮生羽翰，
> 跋彼山巅兮不为难。

《下山歌》曰：

> 上山难兮下山易，
> 轮如环兮蹄如坠。
> 声辚辚兮人吐气，
> 历几盘兮顷刻而平地。
> 捣彼戎庐兮消烽燧，
> 勒勋孤竹兮亿万世。

这样生动的描述也佐证了劳动和艺术存着极为密切的关系。《吕氏春秋·顺说篇》也记载了类似的一则故事："管子得于鲁，鲁束缚而槛之，使役人载而送之齐，皆讴歌而引。管子恐鲁之止而杀己也，欲速至齐，因谓役人曰：'我为汝唱，汝为我和。'其所唱适宜走，役人不倦而取道甚速。"长期以来，"劳动说"作为一种唯物主义的观点，具有很大的影响力，尤其是在以马克思主义为主要信仰的国家和地区，这种观点享有着一种超然的地位。马克思主义认为是劳动创造了人本身，文学也是在劳动实践中形成的。孙金荣和孙文霞也认为："先秦农事诗（最早的农业文学）、农业宗教文化产生的根源在原始的采集狩猎、农业种植、畜牧养殖等农事活动。"①

最早的文学是原始人类的口头文学,也就是原始歌谣。虽然人们无法找到确切的证据,但这种观点大体是没有错的。那么,通过对原始歌谣的研究入手来探究文学的起源在很多的学者眼里也就变得顺理成章了。俄国思想家普列汉诺夫（Георгий Валентинович Плеханов，1856—1918）在《没有地址的信》中也说道:"在原始部落那里,每种劳动有自己的歌,歌的拍子总是十分精确地适应于这种劳动所特有的生产动作的节奏。"在历史文献中这种文学起源于劳动的证据似乎比比皆是。在《吴越春秋》中有一首《弹歌》:

断竹,续竹。飞土,逐宍。

这是一首古老的二言诗,也是一首打猎歌,描写了砍竹、接竹的过程。张应斌认为:"文学随着语言的进化而发展,在二言诗之前,中国只有前语言状态的吁嗟咏叹类的纯声语和以原生词为代表的原始词语。二言诗是在此基础上产生的中国最早的文学。"②《淮南子·道应训》中记载:"惠王曰:善而不可行,何也？翟煎对曰:今夫举大木者,前呼'邪许',后亦应之,此举重劝力之歌也。岂无郑、卫激楚之音哉？然而不用者,不若此其宜也。""邪许"也就是今天所说的劳动号子,用于协调大家的动作,彼此应和,既能提高劳动效率又可减轻疲劳。劳动号子有着一定的节奏,这种节奏大概率就是诗歌韵律的起源,因此,有的学者就把《举重劝力之歌》看成我国的诗歌起源。普列汉诺夫在《论艺术》中指出:"人的觉察节奏和欣赏节奏的能力,使原始社会的生产者在自己劳动的过程中乐意服从一定的拍子,并且在生产性的身体运动上伴以均匀的唱的声音和挂在身上的各种东西发出有节奏的响声。"这种对节奏的认知在先民对音乐的认知中起到了重要作用,作为文学样式最为古老的诗歌也随之慢慢产生了。生产力在提高,艺术表

---

① 孙金荣,孙文霞. 先秦农事诗与先秦农业——兼论文学起源问题 [J]. 中国农史,2018,37（1）：3-15.
② 张应斌. 二言诗与中国文学的起源 [J]. 嘉应大学学报（社会科学），1988（4）：47-53.

现方式也在发展,后来就脱离了现实的劳动过程。三国时期的夏侯玄《辨乐论》载:"昔伏羲氏因时兴利,教民畋渔,天下归之,则有网罟之歌。神农继之,教民食谷,时则有丰年之咏。黄帝备物,始垂衣裳,时则有龙衮之颂。"

关于动物的原始绘画也有较为有趣的视角。格罗塞在《艺术的起源》中说,原始狩猎绘画中的动物一般都是单纯地表现单个的、孤立的动物个体,而与动物有着密切关系的植物却没有表现出来,然而,当人类社会发展到农业种植以后,植物就在绘画作品中出现了。劳动实践无疑在原始的先民那里有着最核心的地位,这也说明了劳动实践的对象成了原始艺术最重要的内容。墨白和李守亭考证说,作为古老的文学形式之一的神话也和劳动实践有着脱不开的关系,因为生产工具极端落后,原始先民对大自然的认知也非常原始,在艰难的生活面前,他们"希望借助外在的神灵之力,以减轻自己的劳动负担,提高劳动效率,……人类借助神奇的想象,有史以来第一次将自己的价值观念映射到文学之中"[1]。他们认为中国古代的神话传说如"后羿射日""女娲补天""夸父逐日""大禹治水"等实际上反映了原始人和自然界的斗争。英国古代的史诗《贝奥武夫》中,英雄贝奥武夫在北海里遇到的食人怪鱼、肆虐"鹿厅"的怪物格伦德尔以及后来大肆破坏的火龙,它们代表的都是严酷的大自然,而贝奥武夫带领人们打败这些怪物反映了古代人们在劳动实践中艰难前进的历程。墨白和李守亭进一步推断:"……人们由追赶野兽或逃避野兽袭击所萌发的想象。幻想能在空中行走,以超越人们自身的局限。这些神话的创造都是以现实生产力的状况为基础的。"[2] 神话中那些无比强大的天神,破坏人们生活的妖魔鬼怪象征的都是远古人类所无法对抗的自然力量,而人们所塑造的为人民赴汤蹈火、死而后已的英雄,正是远古先民们的集体力量和智慧的化身,是人类自身能力和意志的折射。

---

[1] 墨白,李守亭.艺术起源于劳动的文化考察[J].沈阳师范大学学报(社会科学版),2005(2):134-137.
[2] 同[1].

当然,"劳动说"也并非无懈可击。在原始社会中,劳动虽然非常重要,但并不是他们日常生活的全部内容,对于他们来说,求偶和战争也是无法避免的内容,其中均可能出现文学的萌芽。

## 第三节 情感说

朱光潜认为,"人生来就有情感,情感天然需要表现"[①]。情感是动物界的一种最普遍的存在,可以说,人类在自己活动的每个瞬间,都有着情感的参与和驱动。在原始人类的生活中,劳动、祭祀、求偶和战争等,无不有着强烈的情感活动。郭茂倩(1041—1099)在《乐府诗集》里说:"宁戚以困而歌,项籍以穷而歌,屈原以愁而歌,卞和以怨而歌。虽所遇不同,至于发乎其情则一也。"古代先民的情感活动具有更强烈和直接的本能性。《礼记·乐记》中说:"凡音之起,由人心生也。人心之动,物使之然也。感于物而动,故形于声。"

《吕氏春秋·音初篇》记载:"禹行功,见涂山氏之女。禹未之遇而巡省南土。涂山氏之女乃令其妾候禹于涂山之阳。女乃作歌,歌曰:'候人兮,猗!'"这段话中提到的歌被认为是中国有史可稽的第一首情诗,歌词的意思是"我在等候我所盼望的人啊","猗"是古汉语的一个叹词,相当于现在的"啊"字。这首歌词虽不多,却包含着丰富复杂的感情,成为中国诗歌的一个典范,被称为南音之始。

刘勰(约465—约532)认为文艺起源于人类情感表达的需要。他在《文心雕龙·情采篇》中说"情发而为文章"。西方的学者如弗洛伊德的"精神分析说",以及克罗齐的"直觉即表现"等都是从人的内在情感的动因方向去研究文学艺术的生发机制。再如,我国西南地区的独龙族在20世纪50年代之前尚处于原始社会父系氏族公社阶段,他们代代相传的《开山种地歌》唱道:

---

[①] 朱光潜.诗论[M].北京:北京出版社,2009:6.

我们劳动归来，

一起喝酒多痛快，

盼望收获的日子到，

唱起"门久"乐开怀。

还有基诺族的《生活歌》、怒族的《龙潭歌》等都反映了他们简单快乐的心情。"愈是远古的诗歌愈少反映人们对于生活的理解和认识，而愈多地表现人们对于生活的感受、欲求、憧憬等情绪化的体验，并与音乐、舞蹈等艺术形式紧密联系在一起。"[①] 弗里德里希·恩格斯（Friedrich Engels，1820—1895）曾经论证过爱尔兰文诗歌的一大特性，即所谓的"附有叠句"，这种叠句实则是一种反复咏叹，来宣泄内心的某种情感。我们在考察各民族的原始诗歌时，就会发现这种以叠句形式出现的反复咏叹非常普遍，这主要是因为这一不断重复的特征是抒发强烈感情最直接最便捷的形式；当然也可以这么说，正是人们需要直接便捷地抒发情感，原始诗歌这种重章叠句反复咏叹的形式才出现。格罗塞在其著作《艺术的起源》中说过："原始民族用以咏叹他们的悲伤和喜悦的歌谣，通常也不过是用节奏的规律和重复等等最简单的审美的形式作这种简单的表现而已。"例如，在殖民主义者到达美洲之前，印第安人基本上一直保持着原始部落的特征，他们的口头文学代代相传，保留了明显的原始歌谣的特征。根据印第安著名作家莫曼德的说法，北美那瓦霍印第安人的一首歌谣，据考证是用于祈祷的，里面就使用了叠句，对某个句子反复进行咏唱，表达了歌者的虔诚之心和渴望之情。在这首祷词中，"在美中完成"一句被反复咏唱，也反映了人们轻松愉悦的感情和祝愿生活更加美好的强烈心愿。生安锋在《试论早期美国印第安口头文学的特征》一文中提到了奥吉布瓦印第安人的一首歌谣《呼唤心上人》，这首歌谣用明快的调子，情真意切地反复呼唤"醒来吧"，表达了盼望恋人醒来的强烈愿望和对恋人的依恋之情。

---

[①] 解光穆.文学起源新论[J].甘肃社会科学，2002（4）：42-44.

中国古人在这方面的例子较多，比如，在《周易》中，很多的卦爻辞都有着明显的反复述说和咏叹的特征。郭沫若（1892—1978）在《卜辞通纂》提到"癸卯卜，今日雨。其自西来雨？其自东来雨？其自北来雨？其自南来雨？"这样的一种结构上的反复吟唱具有强烈的文学色彩。如果我们打开我国古老的诗集《诗经》，我们也会发现，古人的诗歌充满了情感，有对家园的热爱，有对圣贤和英雄的歌颂，有对爱情的憧憬，有对剥削者的控诉，也有对背情弃义者的鞭挞。有时候寥寥几句，便把人们内心深处的感情描摹出来，虽不精雕细刻，但深刻动人，如"昔我往矣，杨柳依依；今我来思，雨雪霏霏"。这样美丽的情感只用素描般的笔法就刻画得淋漓尽致了。

中国在文学传统上有"诗言志""诗缘情""感物说"。陆机（261—303）在《文赋》中对"感物说"有着生动的描述："遵四时以叹逝，瞻万物而思纷。悲落叶于劲秋，喜柔条于芳春。心懔懔以怀霜，志眇眇而临云。"刘勰在《文心雕龙》中说"登山则情满于山，观海则意溢于海"；俄国作家列夫·托尔斯泰（Лев Николаевич Толстой；1828—1910）也说："艺术起源于一个人要把自己体验过的情感传达给别人。"由此可见，如果没有强烈的情感，怎么会写出动人的文学作品？

## 第四节　巫术说

在人类文明的进程中，巫术有着神秘的一面，它好多的仪式也非常复杂，有的甚至很唯美。巫术，对很多人来说，如同隔着一层黑色的面纱。在欧洲，还曾把瘟疫怪罪在女巫身上，认为是她们的诅咒带来了灾难，于是，好多地方出现了"排巫运动"，可见巫术的影响力。甚至在一些科技相当发达的地区，巫术依然没有完全绝迹，很多的巫术仪式都通过不同的渠道保留在传承里。如中国的一些地区，到了一些节日的时候，还有"傩祭"，如在中国的江西、陇南、湖南等地表演的傩戏，侗族、羌族、毛南族、白马藏族等民族举行的传统的傩事活动。

众所周知，巫术活动中有着非常丰富的艺术因子，加上巫文化的普遍性和古老性，由此，很多的学者认为，应该从巫文化中去探究文学的起源，这不失为一种非常有见地的想法。"巫术说"和"劳动说"一样，具有强大的影响力。"巫术是借助超自然的神秘力量，对人或事物施加影响以达到某种目的的手段。它是最古老、最普遍的信仰。"[①]19世纪末，以人类学家爱德华·伯内特·泰勒（Edward Burnett Tylor, 1832—1917）和詹姆斯·G.弗雷泽（James George Frazer, 1854—1941）为代表的人类学家们，研究了当时尚存在在非洲、美洲和西太平洋的原始部落生活，发现原始艺术与巫术原则及巫术观念有着密切的联系。他们投入了大量的精力研究土著部落遗留的原始符号，发现无论是巫术仪式的实用功能还是其审美的发展过程，都与人类审美历史的发展轨迹基本吻合。文学作为一种艺术形式，其审美特点必然是起着核心作用。众所周知，文学艺术具有一般意识形态的性质，这就是它的审美意识形态。审美意识形态集中体现在音乐、绘画、戏剧、雕塑和文学等艺术活动中，是一个审美表现领域，与现实社会生活紧密相连，它既具有意识形态中的审美特性，又和社会生活以及其他意识形态的因素交织在一起，相互浸染、彼此渗透。文学的审美意识形态属性主要表现在情感性、形象性和无功利性。只有用审美的心理去认识并反映对象所写出的作品，才有可能被称为文学艺术作品。"文学创作过程就是作者通过各种文学手段不断对美进行探索、发现和创造的过程。"[②]而在上古人类的活动中，最具有审美特质的无疑是巫文化。"巫文化"在早期的人类文化中是普遍存在的。马林诺夫斯基认为，巫术不是原初民对超自然力在认识上加以抽象的结果，而是原初人类在自然环境中遇到的情况使他们感到紧张，于是他们在思想和行动上产生了特定的自然反应；另外，如果他们的希望不能实现，也会产生相应的情绪活动。这是一种代偿性满足（又称

---

① 刘大伟.论"夜哭贴"的民俗文化内涵[J].青海社会科学，2011（3）：218-220.
② 胡湛，彭素娟，张健.浅谈文学起源之"根"[J].时代文学，2010（1）：204-205.

代替满足），指当人的某些愿望无法得到满足的时候，当事人就会想象出某种客体的表象或以其他的方式来得到一种虚拟性满足，这种心理机能为人类所普遍具有，它可以维护人们心理的平衡。因此，寻根究底，巫术实际上就是原初民的心理和生理机制对客观环境的自然反应。

有学者，如弗雷泽等人认为，在宗教产生之前，有一个巫术时代，象征性的歌舞，有法力的实物和咒语是巫术的重要内容，巫术里面的很多歌词和咒语可视为最早的文学作品。有人就考证说，《弹歌》里面的歌词"断竹，续竹，飞土，逐宍"实际上就是咒语。"弹土逐兽"说明了当时的生产力极其低下，连石箭之类的工具都没有，因此猎人们嘴里念叨着"飞土，逐宍"就觉得可以更容易地抓到野兽。李艳永和韩文涛认为，"巫术活动作为祈祷、医病、降福、祛灾、求雨、祭祀等具现实功利性目的的活动，其愿望性、象征性和表意性，无不启发文学活动承载相同或相似的内容或蕴含"[1]。

"巫术说"在艺术起源理论中极具影响力。有人研究了许多原始洞穴的壁画，这些壁画有的作于洞穴深部，如泥沃洞穴的"黑厅"；有的创作难度极大，如法国冯·特·高姆洞穴的犀牛画；有的壁画层层叠叠，在同一个地方画了又画。福尔莫佐夫质疑道："如果创作岩画的目的是自身的快感，或者为了教育后代，那么毫无疑问，人们会选择别的场所——容易到达的、引人注意的和光线良好的地方。美的崇拜者或幻想使某一事件流传百世的人，不会在旧的构图上作画，因为有时难分清某些细节刻画究竟与哪个形象有关。"[2] 高尔基（Максим Горький，1868—1936）说，古人使用"咒文"和"咒语"是一种普遍的现象，"它表明人们是多么深刻地相信自己语言的力量……他们甚至企图用'咒语'去影响神"[3]。

《吕氏春秋·古乐》载："昔葛天氏之乐，三人操牛尾，投足以歌八阕：一曰载民，二曰玄鸟，三曰遂草木，四曰奋五谷，五曰敬天常，六曰达帝功，七曰依

---

[1] 李艳永，韩文涛. 文学的起源——巫术发生说再思考 [J]. 青年文学家，2013（30）：45.
[2] 福尔莫佐夫. 苏联境内的原始艺术遗存 [M]. 路远，译. 西安：陕西师范大学出版社，1992.
[3] 高尔基. 苏联的文学 [M]. 北京：人民文学出版社，1977.

地德，八曰总万物之极。"由这首古乐的描述可以看出，人们载歌载舞，为的是祈求草木五谷长势良好，并对天、地、帝表示尊敬与感谢。巫术是文学源头的土壤，林丽华和高国兴认为，"纵观中国文学史，只有产生于宗教土壤、借助于巫史力量推动、属于最早的文本并对后世文学构成基因作用的卜祝辞符合中国文学源头的四维要求。而中国文学源头的四维边界恰恰与中国早期精神文明模式相一致。中国文学源头的表象体现——卜祝辞就是早期精神文明的成果"[①]。林丽华和高国兴所说的"四维"指的是形式维度、时间维度、文化维度、动力维度，他们把这"四维"看作文学源头的边界。

卜祝辞是宗教活动记录的作品，由巫史机构整理而成，具有文学基本特质，如前面提到的卜辞："癸卯卜，今日雨。其自西来雨？其自东来雨？其自北来雨？其自南来雨？"这和汉乐府《江南》结构上具有很大的相似之处："江南可采莲，莲叶何田田。鱼戏莲叶间，鱼戏莲叶东，鱼戏莲叶西，鱼戏莲叶南，鱼戏莲叶北。"再如，《礼记·郊特牲》中的《蜡辞》："土反其宅，水归其壑。昆虫毋作，草木归其泽。"这明显是咒语，但语言工整，意愿强烈，具有明显的文学特色。因此，有关文学起源的"巫术说"既有着丰富的例证，又有着很强的可理解性，自然拥有广泛的支持者。

## 第五节 文学起源的其他理论

人类社会早期，由于生产力低下，从而无法正确认识大自然中经常发生的灾难和一些自然现象，于是，那时候的人们充分发挥了自己的想象力，创造了一个具有幻想的神话传说时代。"唯有科学地论证文艺源于人类的劳动这一最基本的社会实践，才能从根本上阐明文学艺术是一定的客观现实在作家头脑中反映的产

---

① 林丽华，高国兴.中国文学的源头是卜祝辞[J].学术交流，2018（12）：166-173.

物，阐明作家对于客观现实的反映，并非依靠什么先天的本能，而是社会实践的结果。"[①]鲁迅（1881—1936）在《中国小说史略》里阐述了关于神话形成的一般理论，他在其中谈到，在初民社会里，人们感受到的不是如同15、16世纪移民美洲的早期殖民者面对荒野所感受到的"恐惧"，而是，用黑格尔的话来说，是人类对自然界的"惊奇"。法国人类学家让-皮埃尔·韦尔南（Jean-Pierre Vernant，1914—2007）在《宇宙、诸神与人》中说道："古代的神学从根本上来说，也是一种诗歌，关于众神的话语，是一种神话叙述。"而黑格尔则断言："古人在创造神话的时代，就生活在诗的气氛里。"这表明，对于古人来说，诗不仅是指向神话的表达形式，而且是生活的形式；或者说，它作为生活形式，规定了所有的表达形式。就此而言，神话作为诗只是内在于诗，它是诗的发展的一个重要环节，是诗的生活的一个部分。其原因不外乎对生活经验的外推，单纯的劳动会令人容易疲惫和厌倦，如果在劳动中夹杂一些娱乐活动，人们会感觉劳动要轻松许多，也更有效率。中国学者叶以群认为，文学来源于社会生活。他明确指出："最初的一切文学艺术，都是来源于原始人的劳动生活和生产斗争。"[②]

"宗教说"也具有一定的影响力，很多说法与"巫术说"有着共同之处。这种观点认为，上古人类由于认知水平的限制，将对自然现象的直觉想象和直观观察物化为相应的神。一种常见的做法就是将特定的自然现象与某种动物形象联系起来，构造出超现实的意象，如人面蛇身、人首鸟身等。除此之外，先民们的图腾意识和神话传说也构造出独特的具象世界。

中国的一些少数民族保留了大量的传统文化。云南沧源的原始岩画具有明显的宗教因素。纳西族的《东巴经》、布依族《摩经》、傣族的《贝叶经》和彝族的《彝经》等既是各自民族的文学创作，又是宗教典籍。"在人类社会特定的历史阶段，是很难把宗教活动与文学活动乃至其他艺术活动截然划分开来的。纳西族的祭天

---

① 王永生. "各种文学，都是应环境而产生"——学习鲁迅论文艺的起源与发展问题札记 [J]. 求是学刊，1980（2）：52，74-79.
② 以群. 文学的基本原理 [M]. 上海：上海文艺出版社，1980.

仪式是我国各民族中保留得最完整的原始宗教祭典。在祭天（纳西族称为'美布'）中，东巴念诵的《祭天古歌》乃是具有极高文化价值的文学作品。布依族的大型傩祭'桃'，一般要念唱七天七夜，祭三十六神，各神均有一段唱词叙其来历和特性，这本身就是三十六则神话传说。哈尼族的祭祀'赫遮'，其祭词极富文学色彩，本身就是文学作品。"①

人类的先民因为生产力的低下，在面对严酷的自然环境时显得非常无助，心理上的压抑状态需要通过别的方式加以疏导，以求得心理平衡，于是他们发挥自己的想象力，将自然界的现象归结为神秘力量的控制，制造出种种有着超自然力的神来解释各种现象，这就是神话的胚胎并随之产生了宗教和文学。鲁迅在《中国小说的历史的变迁》（1924）中也认为："……原始民族对于神明，渐因畏惧而生信仰，于是歌颂其威灵，赞叹其功烈，也就成了诗歌的起源。"

欧洲除了影响最大的"模仿说"，还有一个"游戏说"也被很多人支持，游戏说又叫"席勒—斯宾塞理论"，代表人物有康德、席勒、斯宾塞、谷鲁斯等。其中，尤以席勒和布鲁斯在这个理论上的贡献卓著。"游戏说"理论认为，艺术本质上就是一种游戏，它是人类的本能，是无功利、无目的和自由的。席勒认为，游戏标志着人摆脱了动物状态而达到人，它是审美活动的根本特征，人只有在游戏的时候才可以称得上是个完整的人。人要通过自我去蔽和自我解放而达到精神的自由，这就是游戏的应有境界，艺术就起源于人的游戏本能或冲动。康德在他的《判断力批判》中说道："超出功利的身心自由，是人'合目的'的天性，而具备游戏形式的艺术传播能够达到这一目的，从'目的的目的'而论，艺术起源于游戏是无疑的。"感性冲动和形式冲动是推动人为实现目标而努力的两种冲动，而这两种冲动在游戏中会取得统一和协调。这个理论也招致一些学者的质疑，蒋新平和张善玲就批评说："游戏说在解释艺术起源时，强调艺术活动的纯粹的非功利性，这与文艺初始阶段的实际情况相差甚远。早期人类由于生存环境的恶劣，

---

① 尹相如.论宗教和文学的起源[J].海南师院学报，1993（3）：25-30.

他们的任何活动都会计较功利得失的。"①

在众多的文学起源学说中,"天赐说"或"神谕说"以现在的眼光来看自然颇显荒谬。但是在人类先民的社会中,对神的敬畏和膜拜却是广泛存在的现象。一个熟知的例子就是古希腊神话中主司艺术与科学的是文艺女神缪斯。古罗马著名的哲学家和文学家西塞罗(Marcus Tullius Cicero,前106—前43)在他的《论神性》中介绍了提坦缪斯,又叫"曲艺四女神",她们掌管曲艺形式和技巧。居住在非洲稀树草原的布须曼人是人类早期的祖先之一,他们拥有人类最早的基因图谱,他们的语言是世界上最早产生的语言之一。布须曼人中有这样一个神话传说:原来天上是没有星星的,他们的始祖想造出一种光,以便人们在夜里看得见回家的路,于是她把炽热的灰烬撒到天上,此后就有了满天繁星。在中国,藏族的文化认同天降艺术的观念,他们认为文艺产生于神灵的创造和赐予。纳西族的经典《东巴经》和哈尼族的传说中都认为是天上的神灵教会了人们写字和艺术。景颇族的《目瑙斋瓦》里说白鸟从天宫学来诗歌舞蹈和音乐,然后又教会了人类。这些都是天赐艺术的概念。当然,仔细梳理一下这些说法,也不难发现里面蕴含着"模仿说"的因素。

"符号说"的代表性理论是当代美国史前考古学家亚历山大·马沙克(Alexander Marshack,1918—2004)的理论,他曾经对三万年前的旧石器时代骨器雕刻进行研究。他把这些骨雕放在显微镜下重新研究,得出了这样一个结论:这些骨雕是原始人用来记录季节变换的符号并根据这些符号来确定礼仪。在这些骨雕中,最有名的就是1880年出土于法国蒙特加特的"指挥棒"。这是一根鹿骨,上面刻有许多动物形象。考古学家一直认为它是用于狩猎的巫术。上面刻有一只雄海豹、一只雌海豹和一条肚皮朝上的鲑鱼,鲑鱼下颚有一个钩状器官。马沙克认为,这是鲑鱼在产卵期洄游时具有的特征,也是海豹捕食它们的季节。骨棒上

---

① 蒋新平,张善玲.仪式视野中的口传文学起源及功能[J].广西师范学院学报(哲学社会科学版),2018,39(3):74-79.

还有两条蛇,蛇的生殖器官被清楚地标出,而蛇在春天时才有交配的情况。由此推断出这条骨棒是原始人用来标示季节的。

考古发现的一些史前壁画和雕塑从侧面为这种说法提供了佐证。在欧洲大陆多地发现的被称为史前维纳斯的雕像,它们造型各异,时间大约是二三万年以前。所有的雕塑都有着巨大的腹部,还有一些有硕大的乳房及显著的女性生殖部位。这种观点认为:"由于原始人类生产力低下,很难抵御强大的自然灾害和各种疾病,婴儿的死亡率很高,那时人的平均寿命只有20~30岁。因而,人口的增长甚至比食物的增长更重要,人口构成最重要的生产力。五六岁的小孩便有能力从自然界采集食品,十多岁的少年便要参加狩猎。没有足够的人口生产力,就难以保证起码的食物,也难以抵抗其他人群的竞争。因此,增加人口便成为原始各氏族部落极为重视的问题。生殖崇拜是社会发展的历史趋势。它还直接促使祖先崇拜的神话产生,也促使大量情歌产生。"[①]

除了这些理论,还有表现说、交际说、需要说、审美说、地理环境说等。事实上,由于文学反映了广阔的社会生活,单一的理论虽说不乏真知灼见,然而文学发生的真正推动因素从来就不是三言两语就能论述清楚的。《文学理论》论述道:"文学的产生,客观上需要一定的物质基础和生理条件,主观上需要一定的心理条件。劳动为人的生存、发展提供了物质基础,为文学发生创造了客观条件。同时,人类自身的审美意识也首先萌动于劳动,并随着实践的发展而发展。"至于文学发生的真正原因,恐怕已经湮没在历史的尘埃中而不可考。顾友泽说:"人类无法回归到界于人与类人的临界点、现存原始部落并非文明社会的前身、儿童的成长过程也并非原始时期人类发展的缩影,加之文学观念的含混不清,如此种种导致文学的起源研究困难重重。"[②]

早期的人类学家以非洲、美洲和澳大利亚的土著部落原始社会为标本,但是

---

① 张炯.文学艺术起源新探[J].文学评论,2016(3):35-42.
② 顾友泽.交际——文学起源的另一个假说[J].聊城大学学报(社会科学版),2016(5):17-24.

这些部落社会又在多大程度上可以认定为和原始社会同形同构呢？那些发现语言开始萌芽时期原始人状况的研究似乎有一定的可信之处，但是现代社会的儿童是经过漫长进化之后的人类，他们生活的环境、生理和智力与原初人类相同吗？人类历史记忆的积淀会不会具有潜在的作用呢？所以，这样的研究作为参照可以，作为理论构建基础则需要打个问号。因此，有的学者提出了综合论，张炯说："文艺总是主客体相统一的产物，也是人类审美意识和需求交互作用的产物。社会生活赋予文艺客观的创作源泉，而人类手脑的发展、审美意识与需求的萌生则赋予文艺创作主观的能力和动力。大量史料表明，各种艺术起源与原始人类的生活状态有密切关系，劳动和战争是人类原始艺术表现的基本生活内容，也是促进人类审美意识和审美需求萌生的历史土壤，人在劳动创造中，发展的手脑能力赋予人创造艺术的实际可能。只有在主体能力、动力与客体源泉相结合，审美意识和审美需求交互作用下，各种原始艺术才得以创造和发展，从而使其超越实用价值，产生审美功用，逐渐脱离'前艺术'状态，成为真正的艺术。"[1]

---

[1] 张炯. 文学艺术起源新探[J]. 文学评论, 2016（3）: 35-42.

# 第二章 文学的本质

本质主义文学观的根源是西方形而上学的实体本体论。实体是西方哲学最核心的范畴之一，它决定了事物的本质。

西方理性主义思想自古希腊时期就把对物之本质的探求作为其根本任务。柏拉图的"理念说"就是一种本质论。这种理论要求人们排除事物中纷繁复杂的表面现象，寻求那些具有普遍性、不变性和确定性的因素。比如，在本质论看来，科学就是真理性的认识。这是一种在概念基础上借助逻辑规则进行严格推理的思维方式，在西方的社会发展中有着极大的功绩和影响力。

《现代汉语词典》中对"本质"的定义："指事物本身所固有的，决定事物性质、面貌和发展的根本属性。事物的本质是隐蔽的，是通过现象来表现的，不能用简单的直观去认识，必须透过现象掌握本质。"[1] 英语中与汉语"本质"一词相对应的单词是"essence"，《朗文当代英语辞典》对这个单词的定义是"the central or most important quality of a thing; the real or inner nature of a thing, by which it can be recognized or put into a class"。意思："事物的中心或最重要的品质；可以对事物进行识别或归类的真正的或内在的本性"。我们一般认为，事物都是由外在形式和本质（或者叫本体）组成的。马克思主义哲学理论也要求我们在认识事物表象的基础上去认识事物的本质和规律。因为事物的本质是隐藏的，所以要认识本质，必须透过事物的表象。本质主义认为，文学具有不同于哲学、历史等学科门类的特质，这种特质事关文学的本体性，涉及如何定义文学。古今中外数不清

---

[1] 中国社会科学院语言研究所词典编辑室. 现代汉语词典 [M]. 北京：商务印书馆，1999.

的学者都试图精确界定文学的本质，想对文学下一个准确的定义。实际上，文学是一种极其复杂的社会实践活动，那些文学的"生产论""情感论""审美论""语言论""文化论"等都只是描述了文学的某一方面的特质。于是就出现了文学的"反本质主义"，反本质主义批评文学本质论对永恒不变的绝对本质的追求必将导致僵化、教条、独断的理论模式。然而，就如同后现代主义思想一样，"反本质主义"虽说善于破坏一个旧世界，却对如何建设一个新世界束手无策，甚至毫无兴趣。

## 第一节　文学本质的讨论

勒内·韦勒克（René Wellek，1903—1995）和奥斯汀·沃伦（Austin Warren，1899—1986）在1949年出版了著作《文学理论》，这本书中没有给文学的本质下一个定义，而是从文学研究的内容与范围上去探寻文学的本质。"文学一词如果限指文学艺术，即想象性的文学，似乎是最恰当的……而任何完整的文学概念都应包括口头文学。"他们分析了"文学（literature）"一词语源的局限性并区分了日常语言、科学语言和文学语言之间的差别，他们认为：文学语言是诗化的，有很多歧义，并且充满着历史上的事件、记忆和联想。"文学语言相对应的文学艺术是一种无为的关照，有其特定的审美性。"[①]

《文学理论》认为，文学最突出的特征是创造性、虚构性和想象性。这种观点后来被彼得·威德森（Peter widdowson）继承，他在《现代西方文学观念简史》中梳理了"文学"概念的发展变化历史，探讨了文学的原创性、想象性、虚构性、诗性、审美性，以及语言形式和修辞技巧等。其中他特别强调文学所创造的"诗性现实"：文学因其独特的表达形式而永久地改变了人们对事物的感知方式，并且为人们创造了思想的自由空间和未来。

---

① 谢建祥. 对文学本质问题的再认识[J]. 文学教育，2013（3）：138-139.

文学既然以其特点改变了人们的感知方式，那么，从功能主义的角度来看，文学的特性与功能密不可分。

俄国"形式主义"和英美"新批评"观点要求把研究的目光聚焦在作品的文本上，以求区分开文学与非文学，结果走向了形式主义和文本中心论。后来文论界矫枉过正，抛开文本形式转向文化研究，甚至以文化研究取代文学本身的意义和价值。"后理论转向既然要求回归对文学意义的追寻，那么文学功能被凸显出来就是必然的。"[①] 除此之外，从功能主义的角度来研究文学也得到了很多学者的青睐，安托万·孔帕尼翁（Antoine Compagnon，1950— ）就把"功能"理解为文学的内涵。M.H.艾布拉姆斯（Meyer Howard Abrams，1912—2015）则提出了文学的"作家、作品、世界和读者"四要素论。伊格尔顿主张应该从"策略"而不是从本体论或方法论上去研究文学，注重功能、价值、目的和效果的研究。文学不是客观实体，而是一种意识形态，所以，应该把文学放到具体的社会意识形态结构系统中去考察，从历史性建构和价值功能的角度去理解。美国著名学者和理论家乔纳森·卡勒（Jonathan D.Culler，1944— ）认为文学研究仅仅着眼于文本是不够的，他在考察了文学含义的历史变迁和对文学本质的讨论后，也将文学研究的着眼点归结到文学功能上。

根据马克思主义观点，一切的物质文明和精神文明都是人类社会实践的产物，作为精神文明的一部分，文学是一种"社会意识形态"，是"艺术生产"的组成部分，它属于一种观念上的上层建筑，并反作用于经济基础。苏联的文学理论家认为文学以形象反映社会生活。中华人民共和国成立以后，反映论也成了中国的一种主流文学思想。中国的文艺理论家如钱中文和童庆炳提出了"审美反映论"，认为文学作品是审美主客体交互作用的结果。1989年，何国瑞提出"艺术消费"的概念。中国当代的文学观念还有"语言论""主体论""工具论""人学论"等，这体现了中国的文论研究中文学观念的多元化状况。

---

① 赖大仁."文学性"问题的百年回眸：理论转向与观念嬗变[J].文艺研究，2021（9）：32-43.

既然无法建立一个统一的理论，那么，多元化的综合观点也就更加容易为人所接受。

什么是文学？这个问题今天依然吸引着很多人的注意力，依然有学者尝试着要给它下一个精确定义，可是都不能做到统一。作为一个马克思主义学者，特里·伊格尔顿对文学的理论很有建树。他把文学比作花园里的植物，某一种植物是否是杂草要取决于园丁，文学也是如此，所以说，人们习惯上认为文学的特点如非实用性、想象性和虚构性等都不足以证明一件作品就是文学作品，因为"虚构"和"想象"的边界本来就是模糊的，无法精确界定，那么用"虚构"和"想象"来定义的"文学"也就无法确定其边界。特里·伊格尔顿认为，就文学的现代意义来讲，文学是一种意识形态，是上层建筑中不占统治地位的意识形态的一部分。根据马克思主义观点，产生文学观念的大脑、言说文学作品的发声系统和记录文学作品内容即形成文本所需的纸张和笔墨也都是物质的，因此，文学是客观的，也是物质的，即它是意识形态的能动反映。思想、意识等的生产最初是脱离不了物质活动的。特里·伊格尔顿早期受路易·皮埃尔·阿尔都塞（Louis Pierre Althusser, 1918—1990）等人的影响，从意识形态的生产角度去探索"文学是什么"。后来，他在充分吸收马克思、恩格斯、阿尔都塞和皮埃尔·马舍雷（Pierre Macherey, 1938— ）等人理论的基础上，将文学归入意识形态的领域，他说，"文学是我们能够从经验上接近意识形态的最有启发性的方式。唯有在文学中，我们可以看到意识形态在阶级社会的生活体验中的复杂、连贯、强烈而直接的运作情形。这种接近方式比科学方式更直接，但比日常生活方式更连贯"[①]。20世纪80年代后，特里·伊格尔顿重新审视了文学概念及其发展变迁后，就否认了"文学本质"的存在，认为它只是一种文化实践活动，是特定的意识形态在人们心中形成的幻觉，强调了文学本质的动态变化。

特里·伊格尔顿强调文学的客观物质性，同时强调文学是精神的产物，是一

---

① Eagleton.Criticism and ldeology[M].London：Lerso，1978.

定历史语境下的产物，文学作品的生产与消费、社会观念、价值和情感无不具有时代性，离不开特定的历史语境。19世纪以来，随着宗教的式微，"文学"几乎替代了宗教，成为意识形态的传播手段，直接为政治服务。社会劳动者通过文学作品，获得经验和感性体验，满足了在现实社会中无法实现的精神满足，使社会现实中的阶级矛盾得以缓和。"文学可以是宗教、是信仰、是意识形态的传声筒，唯独不是自己。"[①]他对20世纪的理论流派进行了梳理和新的解读。比如，对于俄国形式主义的"陌生化"理论，特里·伊格尔顿认为，一个为全社会成员所共有的所谓"单独的、纯粹的、标准的"语言共同体是不存在的，社会语言有特定的历史语境，因而很难对日常语言作出一个精确的说明和界定，那么文学如何去精确界定对它的异化和偏离呢？对于不同的人来说，什么样的语言算是"陌生化"，人们是无法找到准则去衡量它的"疏离"程度的，那么用"陌生化"来考量"文学"概念自然也就失去了权威性。其实，形式主义者真正想要表达的是"文学性"这一核心概念。然而，把不同话语之间的"差异"和"疏离"作为标准来定义"文学性"并不能解说文学的所有情况。因为在"文学"功能的实现过程中，接受者的主动创造也起着举足轻重的作用。那么，这种接受者（读者）对作品的疏离又该怎么样去衡量呢？一个非文学的作品也可以因为接受者的再创造而产生对原作品的"疏离"。而"疏离性"如何能作为文学本质的属性呢？接受者自身的差异性和不同的历史语境会带来对同一文本的不同解读，不同时空的价值观念也不尽相同。所以绝对不变的"文学本质"是不存在的。结构主义和后结构主义都认为文学有一个内在的结构，它决定了文学的内涵。

路德维希·维特根斯坦（Ludwig Wittgenstein，1889—1951）曾经观察到一个现象："我想不出来比家族相似更好的说法来表达这些相似性的特征，因为家庭成员之间各种各样的相似性，比如身材、相貌、演技、步态、秉性等，也以同样

---

[①] 李永新，沈玉洁.从"意识形态"说到"事件"说——试论伊格尔顿文学观的变与不变[J].西北民族大学学报（哲学社会科学版），2019（4）：147-154.

的方式重叠和交叉。"① 特里·伊格尔顿受到这个理论的启发，将之应用于阐释文学概念。他认为，文学的本质虽然无法精确定义，但是文学作品却有着五个共同的核心特性：语言、规范、道德、虚构和非实用。在一部作品中，这五种特性叠加得越多，它就越具有经典性，越是"文学"。特里·伊格尔顿还借鉴了"唯名论"和"实在论"的观点，宣称"文学"只是殊相的存在，不同的文学作品甚至不同的文学类型之间确实能找到某些相似的属性，这些相似的属性可以看作文学的"共相"，但是，这些"共相"是描述性的，是动态化的并与特定历史语境互文的，所以只能去描述"文学"而不能定义"文学"。"文学"是客观实在的，但不能描述出来一个精确的"文学"定义。

诚如特里·伊格尔顿在《文学事件》中所言："在《文学理论·导论》当中我曾提出一种坚决的、关于文学本质的反本质主义观点。彼时我坚称文学是没有本质的。"② 他继续陈述道，从那些众多所谓的"文学作品"中很难去归纳出共同的属性。在文学研究中，特里·伊格尔顿坚持历史唯物主义立场，认为文学本身就是一种意识形态，它具有时间属性和空间属性，所以，应该用动态的社会历史观去看待文学。由此可见，特里·伊格尔顿对文学本质属性的研究是一个不断变化的过程，他首先站在马克思主义的立场上确认了文学的审美意识形态属性，再到发现文学的定义为空，再借鉴维特根斯坦的理论。最终发现，唯有一点是无法改变的，"文学"是具体社会与时代的产物，对文学的解读必须在社会历史语境之中。此外，文学是表达情感的形式，文学把人的思想情感用文字形式表达出来，必然也包含着道德价值判断，文学也应该关注更为根源的社会问题如正义、邪恶、爱和善，以更好地替代宗教角色。

从更深层的意义上来说，文学有着极强的自律性、自足性和自由行动的特质，因此，文学的本质即功能，存在本身即目的。"倘若我们拒绝在事物的功能和它

---

① 路德维希·维特根斯坦.哲学研究：第一部分[M].汤潮，范光棣，译.上海：三联书店，1992：46.
② 特里·伊格尔顿.文学事件[M].阴志科，陈晓菲，校译.郑州：河南大学出版社，2017：19.

的存在本身之间进行错误的二选一,我们就无须死守形式主义者的立场,为了把文学的物质存在拉到聚光灯下,必须将其与外部世界的关系悬置起来。这就如同假定只有把物体本身'去实用化',我们才会把注意力转向该物体的物质性,也就是说将它从自身的工具性语境中抽离出来,才能意识到它本身的存在。"①

如今,随着社会向全球化、信息化和商业化等的迅速发展,新的文学形式层出不穷,"网文",包括网络文学,日渐呈现出燎原之势,社会生活节奏的加快和生活压力的增大,把人们的时间打成了碎片,在这些碎片化的时间里,那些迅捷浅显、不拘一格、带有娱乐性质的短小文章也就更加有大众市场,而现代化的社会生活方式也改造了传统的文学生态。叶淑媛总结道:"网络新媒介改变了纯文学观主导下形成的文学概念、雅俗之分以及文学等级秩序的文学版图。而基于多样的媒介、文学观、读者趣味等不同的文学生产和消费方式,文学也越来越多元而庞杂。持有一种纯文学观念明显不能应对文学本身的发展呈现的多元面貌。因为全民写作和评论使得文学艺术生产非常繁荣,同时纸媒和网络文学沿着各自的路径对读者进行着不同的圈层分割,而不同圈层的读者的文学观念肯定有差异。此外,文学与各种知识结合也打破了文学的疆界,如民族志小说,除了小说所具有的人物形象塑造、故事情节编撰等想象性虚构性之外,还将各种各样丰富多彩的'地方性知识'和族群文化纳入小说世界,使小说往往具有民族志般的文化记忆功能,又如科幻小说,想象和幻想的世界建立在科学原理之上,形成小说的情境,再如那些涵盖了地理山川、动植器物、神话传说、物产风俗、科技工艺等的博物体小说,更体现对文学的丰富和文学疆界的拓展。"②

当下的文学现象是如此的纷繁复杂,以至于任何一个从事文学研究的人要想对其了如指掌已经变得不可能,文学的本质也就更加扑朔迷离,超越学科边界的作品越来越多,于是"去本质化"的呼声也就不绝于耳,人们不再执着于追求

---

① 特里·伊格尔顿.文学事件[M].阴志科,陈晓菲,校译.郑州:河南大学出版社,2017:230.
② 叶淑媛."文学"观念的历史发展与变迁[J].湖南师范大学学报(社会科学版),2022,35(5):27-35.

文学的本质，而是把更多的注意力放在文学的功能和形成机制上，文学已经成为一个多元开放的概念，与其他学科杂糅共生。"在一个时代的生活、感性、想象、话语和思想中，那个文学的幽灵、文学的风如何闪现和吹动，我觉得这是比文体、文类等更为根本、更为紧要的问题。这个时代需要我们发现和发明新的文学性。"[1]

## 第二节 文学的本质主义和非本质主义论争

文学的"本质主义"指的是这样一种文学观念：文学具有某种非历史的、绝对的、永恒的、普遍性的和一成不变的本质，文学研究的目的就是去寻求并确认这种本质。反本质主义则对这种观点持批判和否定的态度，它不承认也不接受有永恒不变的本质，自然、绝对的文学本质也是不存在的，认为本质根本就不存在。按照西方的形而上学观点来看，既然某种属性被称为"本质"，那么它就是绝对的、永恒的、不变的和统一的。既然有一个绝对永恒不变的本质，那么，一切的现象都是围绕着这个"同一"的本质展开的，也就是历史的真相：同一性的展开和确证。"这种同一性（本质）是先在、既定、在场、关闭的。"[2]

进入20世纪以来，对于文学"本质"问题的争论就没有停止过。本质主义和"反本质主义"激烈交锋，精彩纷呈。本质主义认为，文学有着自己的普遍性、超越性和恒定性，有着自身鲜明的特征，历史主义和反本质主义的实质是一种相对主义。若是没有"本质"，那"反本质主义"反的又是什么呢？对"本质主义"进行解构，也得先有"本质"才行。这种观点虽说有"诡辩"的嫌疑，但也不失为一种思考方式。文学本质的普遍性形同于康德审美判断的"共通感"。正是在这种"共通感"的基础上，文学的理解才得以成为可能。这样在不同时空下的读者才会输入并解析一部文学作品，作家与读者方能相遇，不同的读者之间才会有

---

[1] 李敬泽.作为哪吒的文学[J].西安：收获杂志社，2021.
[2] 陈开晟."本质"与"历史"——雅克·德里达文学观辨正[J].华北电力大学学报（社会科学版），2020（3）：112-121.

"共识"。美国学者和批评家 J. 希利斯·米勒（J.Hillis Miller，1928—2021）在他的《论文学》里面说，文学的意向客体是不依赖文本而存在的，文学作品及其意义并不是作者和读者去创造出来的，而仅仅是"偶遇和发现这些文学性客体。这种先验的普遍性、超越性，抵制了写作、阅读主体的主观性或因历史差异所导致的相对主义"①。

埃德蒙德·胡塞尔（Edmund Husserl，1859—1938）坚持彻底的意识先验性和内在性，在他看来，"本质"是"意向性的"，外在的一切现实和本质都是意向性的产物。胡塞尔曾说："现实，单一物的现实和整个世界的现实，都由于其本质（在我们对这个词严格规定的意义上）而失去独立性。现实本身不是某种绝对物并间接地与其他绝对物相联系，其实在绝对意义上它什么也不是，它没有任何'绝对的本质'，它有关于某种事物的本质性，这种事物必然只是意向性的，只是被意识者，在意识中被表象者和显现者。"② 雅克·德里达（Jacques Derrida，1930—2004）也认同这种观点，他说文学性不是一种自然本质，而是一种意向性关系的相关物，可是，就人类的认知而言，有什么对象的本质不是"意向性"的呢？德里达否认存在确实的文学实质，他认为没有能保证一个文本具有文学性本质的内在标准，更确切地说，文学是一种十分晚近的历史性建构，同"审查制度"和"权力机关"有着密切的关系。

德里达通过研究还发现，意义、指示的关联被搁置起来，因为，"没有搁置意义、指示的关联，就不会有文学"③。意向性的超越性能够搁置"所指""对象""意义"，却不能搁置"指示"，要实现文学的超越，人们只能把意向指向"对语言运作、各种铭刻的结构的兴趣"。那么，"意向性"能达到文学的本质吗？德里达认为，本质的空无、缺场方有本质。因此，"德里达的文学本质最终只能在后本体、后

---

① 陈开晟."本质"与"历史"——雅克·德里达文学观辨正[J].华北电力大学学报（社会科学版），2020(3)：112-121.
② 胡塞尔.纯粹现象学通论[M].李幼蒸，译.北京：商务印书馆，1992.
③ Jacques Derrida.Acts of Literature[M].New York&London：Routledge，1992.

形而上学中获得澄清"①。"本体"以缺场、否定的方式暗示自身的在场。"无、欠缺、他者是本源的，它们非但不是后来者而是比主体、存在、在场更为先在、古老。它们不像存在、在场、主体那样构成逻各斯主义的二元对立，而是反过来构成了后者的条件：没有欠缺的存在不是存在，没有空无的在场不是在场，没有他者就不可能有主体。"②

根据拉康的理论，他者是指能指的场所，作为一种他在性的结构力量，主体就在他者秩序中构成并完成其认同。"存在的匮乏"揭示了主体性存在的虚无性和空洞性，因为主体总是而且已然是他者的主体。这个"他者"实际上就是结构主体的"另一个场景"。德里达认为，文学的本质就是没有本质，是一种本源性的空无、本体欠缺的体验，所以文学没有定义，因为文学之名所预示和拒绝的一切都无法与任何话语一致。"文学的历史建构就像一个根本不存在的纪念碑的废墟。它是一种毁灭的历史，是一种生存事件被用以讲述且将永不出现的记忆的叙述。它最具'历史性'，但这种历史只能通过变化着的事物被思考。"③

德里达的"本质"不是不证自明的，它需要在反复中呈现。但是德里达所说的反复不同于形而上学的反复（repetition），而是一种包含着他者的差异性反复（iterability）。为此，他举了一个"署名"的例子。"署名"是原初的，具有"唯一性"，但它又是可以反复的。每次署名都是一次性的、全新的、他者的，都是对以前署名的否定。"根据定义，一个书写的署名意味着签名者实际的或经验上的不在场。"在德里达看来，"本质"是非在场的，它的"同一性"是能"反复"的，而且需要借助"反复"去呈现。这种差异的反复也是"本质"的一大特征。而文学中的写作和阅读行为也是一种"差异的反复"，从一开始就和自己十分不同。因此，所谓的文学本质不过是历史和权力的建构，是一种人为的神话。就像贝克特的《等

---

① 陈开晟."本质"与"历史"——雅克·德里达文学观辨正[J].华北电力大学学报(社会科学版),2020(3):112-121.
② 同①.
③ Jacques Derrida.Acts of Literature[M].New York&London：Routledge，1992.

待戈多》里面的戈多一样，是一种本源性的欠缺，只是大家都在说"戈多"，就像"戈多"真的存在一样。文学的本质亦是如此，德里达在论述中插入很多文学界的主流观点和历史叙述的真正用意就是为了说明正是"审查制度"和"权力机关"等的陈述决定、支配和建构文学的定义和本质问题。

中国学者对"文学本质观"也有研究，早在20世纪80年代，中国学者就有了比较精深的研究，有人就认为，文学"是用具有高度表现力的语言作为工具，塑造具有艺术生命的生活完整体——艺术形象，反映形神兼备的社会生活完整面貌和作家的思想感情，源于生活又高于生活的一种特殊的社会意识形态"[①]。我国较早的文学理论书籍《中国文艺理论百年教程》一书中说："文学的本质是审美而不是认识。"[②] 包忠文提出当代文学本质的"合力论"。他说："文艺的实质在于观照现实的人生、人物的全灵魂、作家的全人格。"[③] 人从来就不是抽象的，无论是社会现实中活生生的个体的人还是艺术作品中所描绘的人，都处在一定的时间、空间和社会关系之中，具有历史和阶级属性。马克思就说人是一切社会关系的总和，各种社会关系错综复杂，形成一个"总的合力"，无时无刻不在人的身上发生着作用。刘锋杰和薛雯从发生学的角度，"将文学艺术创作称作一种艺象形态，意在揭示文学艺术的最隐秘的本质，同时斩断艺术起源与意识形态之间的关联"[④]。

卫垒垒根据艾布拉姆斯在《镜与灯》中提出的"艺术四要素说"，把文学本质论分为从文学内部出发的本质论和从文学外部出发的本质论。后者是指研究艾布拉姆斯所说的针对作家、读者和世界的理论，对事物进行再现或表现，这也是一种文学工具论的观点。而前者则指以作品为本体的文学本质观，强调文学自身所具有的有别于其他学科的独特价值。这方面的代表主要有俄国形式主义、英美新批评和结构主义等理论。

---

[①] 刘泽民．"文学"定义浅释[J]．益阳师专学报，1983（1）：21-22．
[②] 毛庆耆，董学文，杨福生．中国文艺理论百年教程[M]．广州：广东高等教育出版社，2004．
[③] 包忠文．当代中国文艺理论史[M]．南京：江苏教育出版社，1998．
[④] 刘锋杰，薛雯．从"意识形态"到"艺象形态"——文学与意识形态关系的三种解读策略之反思[J]．学习与探索，2008（5）：178-184．

随着全球化的发展，中国和欧美的交流在广度和深度上都大步迈进，后现代主义思想也盛极一时，解构主义和新历史主义的理论非常具有颠覆性，成了社会思潮中的宠儿，于是反本质主义文学观兴起。

南帆于2002年主编的《文学理论新读本》提出了"关系主义"的观点，"围绕文学的诸多共存的关系组成了一个网络，它们既互相作用又各司其职。……文学的特征取决于多种关系的共同作用，而不是由一种关系决定"[1]。他的观点否认了文学存在一种一元的、绝对的本质，文学是在与"他者"的共生中展现出自己的特征。事物的特征与其说取决于自身，不如说取决于"他者"，即取决于与另一个事物的比较。文学和其他学科和其他领域共生于一个动态的关系网络中，这也构筑了文学的关系网络，其性质是动态变化的。陶东风对文学本质主义也提出了自己的见解，认为这是"一种僵化、封闭、独断的思维方式与知识生产模式"[2]。他认为文学本质受到社会历史条件的制约，是一种文化与语言建构，因此，谈论文学的本质只能在语境的制约下，在语言建构行为内，它具有历史性、地方性、多样性和差别性，非建构的实体本质是不存在的。王一川总结了文学的六种属性，即媒介性、语言性、形象性、体验性、修辞性和产品性。

围绕着"文学本质"这一概念，各种观点竞相展开论争。实体本体论本质主义是基于本质和现象的二分法，本质是永恒不变的，千变万化的现象只是本质的外在表现。反本质主义解构了形而上学的本质论，认为现象背后没有本质，本质主义作为一种意识形态是一定历史时期的产物，具有历史性，和一定历史时期的权力话语有着密不可分的关系，它本身也是一种结构性的关系网络。如果说文学到底有什么样的确定的意义的话，"（审美）是文学的本质属性。审美属性是绝对的，也是解构不了的"[3]。这样一来，文学本质论就由实体转到了审美超越性，即

---

[1] 南帆.文学研究：本质主义，抑或关系主义[J].文艺研究，2007(8)：4-13，166.
[2] 陶东风.文学理论基本问题[M].北京：北京大学出版社，2004.
[3] 卫垒垒.超越本质主义和反本质主义文学观——《作为第一哲学的美学》的启示[J].东南学术，2016(2)：234-240.

文学的存在论本质。在这一方面的观点主要以两位学者为代表：杨春时和胡友峰。"所谓的文学'本质'，实质上都是人们从审美取向和审美期待出发所提出的主观色彩明显的主张，或者叫审美兴奋点。"①

胡友峰反对将文学本质固定化，他着眼于文学建构，即文学的可能。他以文学活动为基本范式来恢复文学的人学地位，强调人们去努力建构并获得一个开放的文学体验。杨春时则认为，存在不是存在者，实体本体论认为存在就是某种实体，这是不确切的，存在只是逻辑的设定，并不现实地存在，但存在只是生存的可能性，文学的审美就是领悟文学存在的意义，因此，文学是一种文学活动，即一种生存方式。正所谓不是文学文本，而是文学活动才应该是文学研究的本体，它是一种自由的生存方式，具有超越现实、回归存在的可能性，它具有超历史性。

存在论是一种超越思维论，在超现实的存在领域，审美的主体与客体不再是主客对立的关系，而是主体间性关系，实现绝对性与相对性的统一。杨春时说："（艺术）这个本质不是形而上学的实体性本质，而是超越性的审美本质。由此，艺术的意义也因此得到揭示，那就是从现实意义到审美意义的转化、升华。"②

对此，有些学者提出了质疑。文学的"存在论"本质果真就能替代"实体论"的本质，从而在新的层面上给"文学本体论"打开新的发展空间？赖大仁对此提出了审慎的观点，他认为，"存在论"和"本质论"的关系远没有我们看上去那么简单，"'本质论'主要追问'是什么'的问题，而'存在论'主要追问'如何是'的问题"③。那么，"是什么"和"如何是"这两个问题怎么可能截然分开呢？文学应该是一种整体性的研究，而在整体性的研究中，这两者从根本上就是互相以对方的存在为自己存在的条件的。

实际上，根据马克思主义的观点，社会生活在本质上是实践的。"社会实践"

---

① 赵大军. 被"自定义"的文学——透视"文学本质"的虚构性 [J]. 吉林大学社会科学学报, 2008（2）: 72-77.
② 杨春时. 作为第一哲学的美学——存在、现象与审美 [M]. 北京: 人民出版社, 2015.
③ 赖大仁. 当代文艺学研究: 在本质论与存在论之间 [J]. 学术月刊, 2018, 50（6）: 104-112.

不仅能够认识客观事物，更重要的是能够改造客观世界。在文学创作实践中人们逐渐认识并确立了文学学科，它和现实的社会生活中的各种因素都有着千丝万缕的联系，完全和社会现实脱节的文学是不存在的，因此，文学是历史的、发展的。"从方法论的角度看，'本质主义'的对立面不是别的，而正是'历史主义'。换句话说，'本质主义'的实质和要害正在于它是一种'非历史主义'。"[①]

本质论是以思辨的方式找到事物的质的规定性，这种质的规定性是一种内在品质和根本特性，从而和其他事物区别开来。文学本质论就是试图找到这种质的规定性，给文学下一个精准的定义，确定"文学是什么"。而历史主义认为，文学是一种社会实践活动，是历史生成的，是对象决定本质。因此，文学本质是思维对于文学的存在所进行的一种抽象认识和把握的结果，不是可以先验性地加以预设的，也不是一成不变的。

## 第三节　文学性问题

现代意义上的"文学"观念在19世纪初形成，根据威德森的观点，这主要体现在对 literature 和 Literature 的区分。前者是个广义的概念，泛指"著作"和"书本知识"；后者是指那些具有独特想象性（虚构性）、审美性、创造性特征的作品，致力于用艺术方式表达思想情感和反映社会历史，这就是传统的"外部研究"或"作家中心论"的批评模式。有学者认为19世纪末以前的文学研究还不是一项独立的社会活动，文学作品也不是独立的研究对象……随着文学批评和专业文学研究的兴起，文学特殊性和文学性问题才真正被提出来。对这种批评模式的反驳出现在20世纪，俄国形式主义的代表人物罗曼·雅各布森（Roman Jakobson，1896—1982）针对过于偏重历史文化和庸俗社会学的文学研究现状，从语言学入

---

① 赖大仁，许蔚. 历史主义视野中的文学本质论问题[J]. 社会科学，2014（5）：177-184.

手分析诗歌文学，力求建立一套诗歌语言与功能的理论系统，这种新的诗学理论给文学研究带来了重要转折，一改此前把文学作品等同于哲学、政治学、传记、心理学和文化等研究的弊端。1921年，他在《最新俄国诗歌》中提出了一个著名的词语"文学性"，这主要体现在文学语言和日常语言的不同上：在文学语言中"诗性功能"占有主导地位，这种"诗性功能"，亦即"文学性"，是使得文学作品成为文学作品的根本原因，诗何以成诗的问题，即解决了"文学性"如何实现的问题。诗性功能在以后的研究中就成了他阐释"文学性"的钥匙。"形式主义明确提出以文学性为研究对象，要探究使一部作品成为文学作品的东西。"[①]

俄国形式主义的核心理论是"陌生化"，通过故意改变日常语言的表达习惯或者艺术技巧，来达到一种令人惊奇或者陌生的效果，进而使人们对事物的印象变得更加深刻。日尔蒙斯基（Виктор Максимович Жирмунский，1891—1971）认为，这种转变也是"世界观"转换的表现。

俄国形式主义的研究方法具有极为重要的意义，它打破了传统的以实证主义为主导的文艺批评观。传统的文艺批评观强调作品与社会、作品与政治、作品与作家、作品与哲学等的二元对立关系，而形式主义的方法则聚焦在文学的语言层面。形式主义理论中的"陌生化"类似于"突出"（突显）理论，它重新确立并强化了"文学是语言艺术"的观念，把语言形式研究提高到了文学本体论的地位。以前的文学研究从属于历史学、文化学或者社会学，以后就应该从属于语言学，既然语言学是一门关于语言结构的普遍性的学科，诗学就应被视为语言学不可分割的组成部分。

什克洛夫斯基也把"文学性"作为文学研究的中心，不同的是，他把奇特化定义为"文学性"的内涵，与后来大行其道的"英美新批评"的研究遥相呼应，都注重从语言、修辞和符号等方面探讨文学性。韦勒克把文学研究分为"内部研究"和"外部研究"两部分。韦勒克认为，对于作者的心理状态、家庭背景和

---

[①] 赖大仁."文学性"问题百年回眸：理论转向与观念嬗变[J].文艺研究，2021（9）：32-43.

社会背景等方面的研究属于"外部研究"，对作品存在类型、形式、节奏、韵律、隐喻、意象等文学作品本身的研究属于"内部研究"。后来的结构主义对"文学性"作出了自己的阐释，认为文学性是一种"抽象属性"，并非实在的存在，因此没有必要去分析具体的文学作品，而应该在文学整体中研究文学的结构。既然文学是语言的艺术，那么，从语言形式入手研究作品的内部结构就能够探寻文学性，罗曼·雅各布森提出："文学科学的对象不是文学，而是'文学性'，也就是使一部作品成为文学作品的东西。"

英美新批评提出了"细读法"的理论观念，与俄国的"形式主义"异曲同工，提倡"文学科学"的研究，重视文学作品本身的特性。托马斯·史登斯·艾略特（Thomas Stearns Eliot，1888—1965）和艾·阿·瑞恰慈（Ivor Armstrong Richards，1893—1979）都把注意力放在文学作品的内部结构如语言、文字及其多义性上。兰色姆认为："文学作品本身是独立和自足的客体，为了自身的目的而存在，而作品的根本特性在于'构架'与'肌质'。"[①] 因而，这也是一种"本体论批评"。克林斯·布鲁克斯（Cleanth Brooks，1906—1994）支持瑞恰慈的"细读法"，特别强调文学的形式，甚至认为"形式就是意义"。他主张研究文学作品的语言修辞，如隐喻、象征、悖论与反讽等。威廉·燕卜荪（William Empson，1906—1984）在他的著作《含混的七种类型》里面提出：复义是诗歌的基本要素之一，他认为文学作品中的复义可以总结为七种类型，这些复义能够极大提高文学作品的艺术表现力。由比尔兹利（Beardsley，1915—1985）和威廉·维姆萨特（William K. Wimsatt，1907—1975）共同提出的"感受谬见"和"意图谬见"理论，认为作品的外在因素会制约和干扰对文学作品的正确解读，文学批评应当屏蔽掉这些外部的因素，把注意力放在文学作品本身的内在要素上对其进行意义分析。

乔纳森·卡勒是结构主义的代表人物。乔纳森·卡勒认为"文学性"主要体现在三个方面：对语言本身的突现方法，文本对习俗的依赖、与文学传统的其他

---

① 赖大仁."文学性"问题百年回眸：理论转向与观念嬗变[J].文艺研究，2021（9）：32-43.

文本的联系，以及文学所用材料在完整结构中的前景。可是，这些"文学性"并不只出现在文学中，也出现在非文学文本之中。这也就是说，这三种"文学性"并不能把"文学"和"非文学"完全分开。那么，把"文学性"作为文学作品的标准还是不宜仓促行事的。乔纳森·卡勒在他的文章《理论的文学性成分》中指出："理论具有广泛的跨学科目标，文学作为优先的研究对象的特殊地位受到了很大损害。"

中国学者对"文学性"的研究也有自己的特点，较早的如马威在1979年发表的《〈丹心谱〉的语言特色》就多次提到戏曲语言的"文学性"。

韦勒克认为反对文学批评的说教倾向是俄国形式主义的主要目的，实际上，"他们（语言学派）常常机械地认为，文学研究就是这些方法的总和。他们是一些对文学研究怀抱着科学理想的实证主义者"[1]。韦勒克既重视内部研究，以内部研究为重心，也没有忽视外部研究，力图把两者结合起来，形成一个整体框架。他把'文学性'看成文学和艺术的本质，是美学的中心问题，文学作品的语言形式和神话、象征、隐喻和意象等内部研究对于理解文学都是非常重要的。

结构主义则更加重视在文本研究的基础上建构一门"文学的科学"。他们的"文本中心论"具有特殊的含义。结构主义之前的文本中心论认为"文本"指的是文学的客观和物质层面，"作品"具有超越文本的意义，指的是价值和精神层面。而在结构主义看来，"作品"与"文本"是对立的概念，而且两者的价值性恰好相反。因为文学作品的价值和精神层面受到作者的价值观念的制约，但是文本分析却不会。罗兰·巴特（Roland Barthes，1915—1980）甚至主张把文学作品问题转变为文本问题。因此，在结构主义的文论中，"文本"是文学研究的核心内容。托多罗夫说，"人们所研究的不是作品，而是文学话语的潜在可能性，什么使文学话语成为可能：这样的文学研究就可以成为文学科学"[2]。他认为，文学性就是

---

[1] 勒内·韦勒克.批评的诸种概念[M].罗钢，王馨钵，杨德友，译.上海：上海人民出版社，2015.
[2] Tzvetan Todorov.Les catégories du récit littéraire[J].Communication, Vol.8, 1996.

区分文学现象和其他现象的抽象特性，是文学现象得以独立的品质。结构主义文论家特别重视对文学作品的文本进行分析，通过对语言学、修辞学、符号学等领域的结构主义理论研究建构了一整套的结构主义诗学理论与叙事学理论。这种从作品到文本的转变具有革命性意义，把文学文本变成封闭的对象，从而大大推进了文本内部的文学性研究进展。对于文学研究和文化研究的关系，乔纳森·卡勒提出了鉴赏性解释和表征性解释两种研究模式。鉴赏性解释强调对作品本身进行细读，在细读中把握文本的语言、形象、形式、结构和主题等要素。表征性解释则注重对文学作品的外部研究，探索社会政治结构和文学之间的关系。这种表征性的解释模式也有不足之处，"文学研究很容易变成一种非量化的社会学，它把作品作为反映作品之外什么东西的实例或者表象来对待，而不认为作品是其本身内在要点的表象"[①]。对这种研究模式的过于强调会使得研究者过分关注种族、性别、阶级等文化，从而使得文学缺少审美特征和批评精神。当然，文学的文化研究也有积极的一面，"这种研究的结果将文学性植入了各种文化对象，从而保留了文学的某种中心性"[②]。余虹认为，随着文学研究在后现代社会中的边缘化，文学研究的重点就应该转向文学性的研究。当文学性在其他学科中全面扩散后，文学性就成了一个最为普遍的问题。"这意味着当研究活动中文学受到遮蔽不在场，文学性能够作为一个分身显示文学的在场，并且文学性代表文学的同时也能投入到其他非文学的文化领域之中，由此文学性的重要性呼之欲出。"[③]

这种倾向在后结构主义时代发生了逆转，文本观由封闭性走向开放性。罗兰·巴特提出了"作者死了"的观点，他说："读者的诞生应以作者的死亡为代价来换取"[④]。作品一旦完成就和作者再无关系，能给这部作品新的生命的是读者，读者参与了文本的生产并赋予文学作品以新的理解维度。朱丽娅·克里斯蒂娃（Julia

---

① 乔纳森·卡勒.文学理论入门[M].李平，译.南京：译林出版社，2013：53.
② 同②.
③ 曾佳.当代"文学终结论"问题论争研究[D].南昌：江西师范大学，2021.
④ 罗兰·巴特.罗兰·巴特随笔选[M].怀宇，译.广州：百花文艺出版社，1995：307.

Kristeva，1941—　）则提出文本间性（互文性）的理论，强调文本的生产性。他们的研究打开了通向文化研究的道路。此后，文学性不再是文学的内在本质特性，也不再是文学所独有的了。乔纳森·卡勒说："如今理论研究的一系列不同门类，如人类学、精神分析、哲学和历史等，皆可以在非文学现象中发现某种文学性。"①这种"文学性"的扩散现象越是明显，那么，其他学科的文学特征便越是凸显。"而新视域观照下的'文学'则彰显出开放性和实践性的品格，为流动的文学性签署了跨语际的通行证。"②由此可见，文学如果有"本质"的话，这"本质"也是时刻变动的，因此也是不可确证的。

文学理论发展到这里，由俄国形式主义提出并建构起来的"文学性"渐渐被边缘化，它不再把文学与非文学区分开来。"文学性"的蔓延导致文学版图的历史性变化，"当今世界作为分类学意义上的文学似乎已远离了人类生活中心，但在哲学、历史、宗教、法律等其他理论学术和人文社会科学中，事情恰恰呈现另一番景象，叙事、描述、虚构、隐喻等文学的模式正在被大量采用，到处都可看到'文学性'的影子在晃动，'文学性'的作用已深入骨髓、不可分割"③。

当人们把目光投向文学以外的时候，就会发现社会中的很多以文字为主要手段的媒介都有着明显的"文学性"，如电影、电视、广告、通俗读物、网络文本等，其他领域，如政治、经济、社会、文化、宗教等，也不乏"文学性"。

随着大众文化产业的持续高速发展，文学向其他的学科和领域，甚至向我们日常生活全面扩张，以给这些文化产品增添新意和审美快感，这样的文化产品也许就会脱掉灰色的古板的外衣，增加一丝亮色，这也是文学性价值的体现。好的文化产品必然是符合当代人们需求的，也一定会具有相当程度的审美价值，具有深邃的内涵。"在当下的社会语境中，会通现代纯文学观与古代广义的文学观，

---

① 乔纳森·卡勒. 理论的文学性成分 [M]. 余虹，译. 北京：中央编译出版社，2003.
② 蔡志诚. 漂移的边界：从文学性到文本性 [J]. 福建师范大学学报（哲学社会科学版），2005（4）：41-44.
③ 姚文放. "文学性"问题与文学本质再认识——以两种"文学性"为例 [J]. 中国社会科学，2006（5）：157-166，208-209.

并与其他现代学科多元、共生、杂糅、融合形成文化意义上的新文学观念，是文学自身的变化及其发挥的全面、多维而广泛的对话机能带来的文学观念的变革，这种变迁不是概念简单的大小变化的问题，而是对文学理解逐步深化的过程。基于此，我们可以说当下提出的'新文科'建设恰恰是对大文学观的响应和文学建设的积极行动。"[1]

---

[1] 叶淑媛."文学"观念的历史发展与变迁[J].湖南师范大学学报（社会科学版），2022，35（5）：27-35.

# 第三章  文学的功用

文学的功用，或者说文学的功能，实际上就是文学的价值。马克思主义认为，价值表示的是人和物之间的自然关系，实际含义是物为人而存在，因此，价值产生来自人们对满足他们需要的外界的物的关系。"价值"是一种客体存在，它作用于主体，是对主体的适合、效应或满足。对人类来说，人对文学有着什么样的需要？文学究竟意味着什么？这种需要是永久的吗？自从文学出现在人类的生活之中，对于文学价值的研究就从来没有停止过。列昂尼德·斯托洛维奇（Леонид На-умович Столович，1929— ），曾经将艺术价值细分为教育、启蒙、净化、启迪、认识、预测、评价、享乐、娱乐、补偿、劝导、交际、使人社会化和社会组织十四种功能，后来，中国的一些学者又提出了"超越"的功用，即人在审美的过程中，其内在的精神自由实现是由有限到无限的跨越。文学的功能可以分为功利性的和非功利性的。功利性的功能主要包括文学的教化功能和认知功能，非功利性的功能则主要指文学的审美功能和娱乐功能。文学的审美功能就是文学艺术作品的艺术性，它是文学艺术的根本特点，是文学价值系统的核心和基础，如果一部作品缺乏审美，那它根本算不上真正的文学作品。文学的审美主要表现为给人们带来强烈的艺术吸引力和感染力，使人们在感性的愉悦和理性的满足中得到思想情感的升华。

20世纪以来，社会全面转型，世界文学对几千年的传统文学提出了空前的怀疑和挑战。世界文学的反叛姿态和变革意识随着不同文明的交往而席卷全球。其中，不仅有着对传统文学观念的继承、颠覆和重建，更有着对人类历史、人类文化和文明的质疑和求索。当这些努力通过文学作品呈现出来的时候，文学创作随之变得色彩斑斓、纷繁复杂;在理论上不断创新,在实践上逐渐标新立异,"从空间来说,最新式的和最古老的、最时髦的和最传统的文学精神、样式、方法,在不同的区域此起彼伏相互映衬而又各得其所"[①]。

价值观的错综复杂也带来了社会对文学价值的反复诘问,甚至出现了文学终结论。有学者认为,价值是客体属性和功能满足主体需要所构成的一种效应关系。价值体现在客体对主体的作用上,主体的需要和客体的属性是价值构成的两个基本方面,事物越是表现出同主体需要及其发展相符合,它就越有价值。价值是实践活动的产物,其本质在于使主体的存在和发展更趋完善。价值具有相对性。[②]

功用价值是文学的核心问题,受到古今文论家的高度关注。功用价值研究的主要是文学对于人生究竟有什么意义,或者说,人类为什么需要文学。一般来说,文学创作是为了满足人类审美的精神需求而存在和发展的。

价值观念和心灵体验高于事实和逻辑。这里所说的事实和逻辑更多的是从科学认知的角度说的,不包括感性的知识。然而,在现实的社会生活中,科学逻辑知识只是总体知识的一部分。认知科学的兴起给人类打开了一扇新的窗户。人们传统上把教化、审美和娱乐看作文学的三大功用,与"真、善、美"有着极强的关联性。也有人把文学的功用分成教育、认知和审美这三大功用,有的学者则把认知功用归于教育,有的把娱乐归于审美。实际上,教化(教育)和认知有着很大的不同;如果严格区分,审美和娱乐也是不同的。审美属于一种高级的情感活动,它使人获得精神对现实的超越,实现心灵的提升和自由,而娱乐则指达到了身心的放松和愉悦。文学的这几种主要功用,在不同的时期侧重点会有所不同,并且,在不同的社会形态和社会时期一定会有相应的文学与之呼应。丹纳说过,希腊悲剧的鼎盛时期,正值希腊人战胜波斯人、希腊人成为爱琴海的霸主时期,而当希腊悲剧消亡的时候,正是希腊人被北方的邻居马其顿的亚历山大大帝征服

---

① 程金城. 中国 20 世纪文学价值论 [M]. 兰州:敦煌文艺出版社,1996:2.
② 同①.

的时候。丹纳认为，民族的精神和元气才是支持艺术的根本性原因。同样，法国悲剧大盛时期恰逢"太阳王"路易十四当政，"而法国悲剧的消灭，又正好是贵族社会和宫廷风气被大革命一扫而空的时候"。①

如果我们考察一下中国的历史，这种情况也是显而易见的，晚清时期，在民族危亡的紧急关头，文学革命勃然兴起，先贤们用新文学来教育人民，掀起"救亡图存"的新文化运动。在中华人民共和国成立以后，描绘肃清敌对残余势力和农村土地革命的小说如雨后春笋般出现了。这种情况在相当程度上，"作为社会精神现象的文学，如同自然界生命现象一样，它诞生和存活在一定的'生态系统'中，有相应的条件和环境，从发育、生长、运动、刺激感应到繁殖、传导、调节等等过程，都受生态因素的影响和制约。由此可知，这里的'生存状态'是一种虚拟出来的批评模式，将文学视为一个由多种因素制约的动态的生命系统。文学的生存状态不取决于某一方面，而取决于整个'生态系统'的状况"②。

作家们创作文学作品的时候，心中通常对自己的工作有着一种定位和期许，希望自己的作品能在社会上会有一定的影响力，文学作品一旦被创作出来并流行于世，总会产生一定的功用：或有补于世、或自我安慰、或娱乐他人……因而也就使文学具有了一定的价值。功用与价值，有功用便有价值；价值体现着功用，价值之大小决定于功用。所以，功用与价值实际是一个问题的两个方面，其根本因素在于作品的思想性和艺术性：思想性决定着作品的社会功利性价值，艺术性决定着作品的审美娱乐性价值。③

当然，还有一个现象就是：同一个文学作品，在当下时期极具社会价值，但换个时空范围，情况可能就会不同，因为不同时期的读者有着不同的历史背景、伦理道德标准、价值观念和文化底蕴。比如，在中国抗日战争期间，"救亡图存"

---

① 丹纳. 艺术哲学 [M]. 傅雷, 译. 北京: 人民文学出版社, 1986.
② 程金城. 中国20世纪文学价值论 [M]. 兰州: 甘肃人民美术出版社, 2008.
③ 吴建民. 古代文学功用价值论及其当代意义 [J]. 阜阳师范学院学报（社会科学版），2006（4）：12-15.

的文学引起了广大读者的共鸣,起到了巨大的社会作用。在二战期间,甚至在战争结束后的一段时间,在欧美,战争文学作品十分畅销,然而,当社会和人们生活的内容发生了明显的变化以后,新的文学样式就出现了。这并不是说以前的作品经不住时间的考验,而是由于人们的需求变化了,也可能出现由于社会文化的变迁和读者个人修养和趣味的变化,让以前的文学作品重新焕发光彩的情况。比如,英国的玄学派诗歌,在 17 世纪以后几乎就被遗忘在历史之中,可是当 T.S. 艾略特在 20 世纪对它赞誉有加后,玄学派的诗歌又一次引起了人们的兴趣。塞万提斯的《唐吉诃德》在他在世的时候并没有很大的反响,可是等他过世几十年了,人们发现了这部小说的巨大价值,《唐吉诃德》成为世界名著。陶渊明在自己生活的时代并没有得到多少人的推崇,他的文学成就直到宋代才得到人们广泛的认可。寒山诗歌的知名度在中国不高,可是通过译注和介绍,在 20 世纪的美国产生了很大的影响。由此可见,文学价值受具体时空影响和制约。文学价值的实现,归根结底是由文学作品对特定读者群体需要决定的。某一部文学作品对人,或者说某一群体有价值的时候,它和人就构成了某种有意义的价值关系;时过境迁,这种价值关系就会结束,而假以时日,以前的文学作品可能会再次对人产生意义和价值,那么,新的价值关系就会生成。"社会之所以需要文学,文学之所以对社会的价值重建有不可代替的作用,主体之所以能与文学构成积极的效应关系,就在于文学所追求的真善美及其和谐关系,也是一般价值论中的最核心的问题,文学是社会价值体系的追求目标。文学价值的社会实现要经过读者的阅读和接受,这个环节是沟通文学创作作为个体行为和文学活动作为社会行为的中介,也是沟通文学价值最终在介入社会系统中得以实现的中介。文学作品一经成为社会的客观存在,就对社会的价值系统、信仰系统、情感系统、知识系统等等发生作用。"[1]

在具体的时空条件下,文学自然是能够最大限度满足人的发展的需要,而每个具体时代的文学价值应以当时的文学价值社会实现程度为标准。这是因为其他

---

[1] 程金城. 中国 20 世纪文学价值论 [M]. 兰州:甘肃人民美术出版社, 2008.

时空条件下的标准只是反映了他们所在时空的价值观念。如果从世界文学总体的视角来看，每一种文学样式、每一部文学作品、每一位文学作家、每一个作家群和文学流派都有其独特的价值，都是世界文学价值系统的有机组成部分。

## 第一节　文学的教化功用

文学的教化功能也就是教育功能，它包括政治、社会、伦理、文化、启蒙和净化思想情感等方面的功用。文学的教化功能不是理念化的陈述，也不是那种容易引起他人叛逆情绪的耳提面命式的说教，而是以具体的感性审美形象呈现出来的，让读者的心灵在潜移默化中得到陶冶。《荀子·乐论》中说："声乐之入人也深，其化人也速。"

中国自汉代始，儒家就成为显学，在中国历史的大半时间里，文学的教化功能处于重要地位。《诗经》之所以被列为儒家经典之首，正是因为它对兴观群怨的人伦教化功能的推崇，它的立足点在于教化，而非审美的愉悦。三国时期的魏文帝曹丕（187—226）在《典论》中说，"盖文章，经国之大业，不朽之盛事。年寿有时而尽，荣乐止乎其身，二者必至之常期，未若文章之无穷。是以古之作者，寄身于翰墨，见意于篇籍，不假良史之辞，不托飞驰之势，而声名自传于后。"唐初的政治家魏徵（580—643）也在《隋书·文学传序》中说道："大则经天纬地，作训垂范；次则风谣歌颂，匡主和民。"俄国作家杜勃罗留波夫（Николай Александрович Добролюбов，1836—1861）把文学称为"社会欲望第一个表达者"，是不流血的战场上的"有力的武器"，在社会生活中有巨大的意义。

"载道"无疑是中国古代文学的核心思想。"道"为儒家之道，"载道"要求文学须弘扬儒家的伦理道德和政治思想内容，中国封建正统的文艺观形成于汉代，正是建立在先秦儒家"诗教"的基础上。孔子（前551—前479）主张文学要"迩之事父，远之事君"；《毛诗序》对诗歌的要求是"经夫妇，成孝敬，厚人伦，美教化，移风俗"和"上以风化下，下以风刺上"，还提出诗歌的"美刺"作用，"美"就是赞美，要点是"美教化""美盛德""润色鸿业""颂扬主上"等；"刺"就是讽刺，即孔子所说的"诗可以怨"。郑玄《诗谱序》指出："论功颂德，所以将顺其美；刺过讥失，所以匡救其恶。"王充在《论衡·佚文》中说："文人之笔，劝善惩恶也。"但是"美刺"也要有限度，必须"发乎情，止乎礼义"。能更好地发挥"美刺"作用的文学作品多是叙事性文学，诸多小说戏剧理论家如明朝的李贽（1527—1602）、瞿佑（1347—1433）等，清朝的李渔（1611—1680）、金圣叹（1608—1661）等皆是个中翘楚。刘勰在《文心雕龙》中推崇"原道""宗经""征圣"。唐宋时期的古文运动主张再次张扬"文以明道""文以载道"的正统，如"文起八代之衰"的韩愈（768—824），提出"载道""明道"的口号。这种传统一直延续到明清和民国时期。五四运动时期，在"救亡图存"的旗帜下，文学又被赋予了"开民智"的使命，文学的政治功用被一再强化。20世纪初，中国出现了一批杰出的作家。如黄遵宪（1848—1905）、梁启超（1873—1929）、章炳麟（1869—1936）、曾朴（1872—1935）、王国维（1877—1927）、李叔同（1880—1942）等。他们懂"新学"，他们是新文学的探路者。他们热衷于政治，致力于用文学的武器来"新民"。1902年，梁启超在《论小说与群治之关系》中说道："欲新一国之民，不可不先新一国之小说。故欲新道德，必新小说；欲新宗教，必新小说；欲新政治，必新小说；欲新风俗，必新小说；欲新学艺，必新小说；乃至欲新人心，欲新人格，必新小说。何以故？小说有不可思议之力支配人道故。"王国维则从人的心灵世界的需求的角度去探求文学的价值。他深受叔本华的影响，提倡反功利的"纯文学价值论"，赞成文学的"游戏说"。他在《文学小言》中说道："文学者，游戏的事业也。人之势力用于生存竞争而有余，于是发而为游戏。婉娈之儿，有父母以衣食之，以卵翼之，无所谓争存之事也。其势力无所发泄，于是作种种之游戏。逮争存之事亟，而游戏之道息矣。唯精神上之势力独优，而又不必以生事为急者，然后终身得保其游戏之性质。而成人以后，又不能以小儿之游戏为满足，于是对其自己之感情及所观察之事物而摹写之，咏叹之，以发泄所储蓄之势力。故民族文化之发达，非达一定之程度，则不能有文学；而个人之汲汲于争存者，决无文学家之资格也。"王国维认为文艺的意义在于心灵痛苦的"解脱"，因此，文艺作品的价值就在于帮助人达到对现实的彻底超脱。后来，以徐枕亚（1889—1937）、李涵秋（1873—1923）、包天笑（1876—1973）、周瘦鹃（1895—1968）、张恨水（1895—1967）等人为代表的"新鸳鸯蝴蝶派"，作品追求趣味性、通俗性和娱乐性，题材主要是市民阶层所喜爱的爱情、社会、家庭、武侠、侦探宫闱和历史等。

1915年，《青年杂志》在上海创刊，后迁到北京，改为《新青年》。陈独秀（1879—1942）发表文章称，要提倡民主与科学，反对封建文化，这标志着新文化运动的开始。1917年，胡适（1891—1962）发表《文学改良刍议》，陈独秀则发表《文学革命论》，高举"文学革命军大旗"，提出了三大主义，"推倒雕琢的、阿谀的贵族文学，建设平易的、抒情的国民文学。推倒陈腐的、铺张的古典文学，建设新鲜的、立诚的写实文学。推倒山林文学，建设明了的、通俗的社会文学"，力图全面颠覆旧文学价值体系，从宏观整体的角度重估文学的价值，重建新的文学价值体系。五四运动、新文化运动所倡导的反对旧文学、提倡新文学，反对文言文、提倡白话文，反对旧道德、提倡新道德对社会产生了很大的影响，推动了社会的思想进步，这样一来，文学介入了社会价值系统的重建，蔡元培在《中国新文学大系·总序》中说："文学是传导思想的工具。"在民族危亡的紧急关头，文学价值重建与政治变革紧密联系在一起，推动了社会的进步。

从五四运动到其后的30年代，新的文学作家大批崛起，新的文学社团和作家群大量涌现，如文学研究会、创造社、语丝社、未名社、新月派等。他们或是提倡科学和民主、对人民进行启蒙，或是努力建设新文学，致力于用文学来改良人生，或是抒发心情。文学研究会和创造社等文学社团强调人和人的心灵，重建人的观念、重建文学价值。这是一个追求"人的解放"的时期，他们怀着"政治革命"的热忱,期望实现对社会的改良。尤其是一些作家,呼吁文学要为革命服务,如鲁迅、郭沫若等。鲁迅先生深刻认识到社会的现实,果断弃医从文,用文章做武器,对儒学礼教痛加批判,疗救人民的灵魂,对中国文学的走向产生了不可估量的影响。

在这一时期,还出现了自由主义文学,与左翼文学分庭抗礼。自由主义文学并不热衷于对社会和国民性的改造上,也甚少从阶级立场和政治意识上去看待文学,而是更多地强调文学的独立性和纯粹性,比如梁实秋(1903—1987)、林语堂(1895—1976)等,以及一些文学派别,如新月派、象征派、"自由人"和"第三种人"等。

到了抗日战争时期,民族处于生死存亡的紧要关头,教化人民团结起来,拯救民族于危亡成为这一时期的主流文学价值。毛泽东《在延安文艺座谈会上的讲话》中说,对于敌人,对于日本帝国主义和一切人民的敌人,革命文艺工作者的任务是暴露他们的残暴和欺骗,并指出他们必然要失败的趋势,鼓励抗日军民同心同德,坚决地打倒他们。对于统一战线中各种不同的同盟者,我们的态度应该是有联合,有批评,有各种不同的联合,有各种不同的批评。他们的抗战,我们是赞成的;如果有成绩,我们也是赞扬的。但是如果抗战不积极,我们就应该批评。中华人民共和国成立以后,建立了崭新的社会制度,文联作为宣传部门的重要组成部分得以成立,文学必须在社会主义革命和建设中发挥应有的作用。

经济变革从根本上打破了原有的文学价值体系,推动着中国社会结构和社会生活的变化,文学创作也呈现出"百花齐放"的繁荣局面。市场经济左右着文学的需求,极大地改变了中国文学的作者和受众群体。改革开放后,人们的思想开放、经济发展、人口增加。人们放下了思想上的使命感,放弃了神圣化的文学,视野一下子开阔了起来。对大众而言,平面化的人生逐渐被人们接受。

社会主义市场经济时代,大众文学和通俗文学兴盛,《大众电影》等刊物成为人们喜爱的杂志。全球化、世俗化和大众化是不可阻挡的浪潮，人们在碎片化的生活中或有意或无意地寻找着自己的精神家园。因而，多变性和矛盾性成为新时代文学的一大特征。

既然文学作品是作家创作的，那么，作家的个人认知和价值取向也是其作品价值的组成部分。比如鲁迅和老舍都曾经对民族振兴和个人发展提出了自己的见解。然而，对社会和人性理解的不同使他们开出的"药方"也不同。至于其他作家所主张的途径更是迥异。对于社会，有的主张改良，有的主张革命；对于人性，有的主张复归，有的主张重建；而那些主张"纯文学"的作家则强调文学的"超越意识"，追求"闲适"和"性灵"等内心的表现。"对于绝大多数人来说，还在经历着人的重新发现和个体价值重新认识这一环节，关于个人与社会、个体与群体关系的统一还不是强调的侧重面，或者说当时还不要求在这些关系上作出明确的抉择和付诸行为。倒是那种把个人的发展看作社会发展的前提，把自我的更新与祖国的更新视为一体的观念更受尊崇。它在逻辑上仍然包含了从人的觉醒、个体价值的认定，到重新把个人交融于群体，在群体中实现自己的自由解放这一发展步骤，但却又不容许有足够的时空来充分展开。"①

21世纪，科学技术还会继续大步发展，世界更加开放，全球化继续深化，不同的文化既有冲突，也有融合。在中国，改革开放的深化，社会的变迁，价值观的多元化，使社会也发生了变化。许多作家深耕真善美的精神家园，去感受一个美的世界，以获得更多的自由，解放感性、想象和理性。

虽然人的精神需求更加多样化也更加强烈，但是文学价值系统的建构过程是曲折和艰难的，它既要扎根于历史的厚重土壤，又要随着社会的变迁而披沙沥金。

---

① 程金城. 中国20世纪文学价值论[M]. 兰州：甘肃人民美术出版社，2008.

## 第二节 文学的审美功用

　　文学作品是一个"有意义的结构",其中蕴含着政治的、伦理的、社会文化的、艺术的、认知的、宗教的价值因素,这些价值因素的呈现都是通过审美而获得的。自19世纪开始,人成了西方文学研究的中心,西方艺术哲学"主体论"从康德开始,围绕审美主客体做出了一系列的创造性研究成果。康德在美学上提出了一个"审美的无功利性"的观点,将美从认识和道德中独立出来,这个观点有着划时代的影响,从此以后,艺术和审美就联系起来,康德严格区分审美与一般快感、功利性的活动和道德的行动,认为"美是不涉及概念而普遍地使人愉快的"[①]。审美活动体现了人的主体性,在审美活动中人表现出的是最高的自主性、纯粹的自我实现和自我超越价值。

　　文学艺术具有审美本质,这为后来的唯美主义和形式主义等思潮提供了理论依据。

　　中国古代美学思想体系也有着悠久的历史,庄子(约前369—约前286)提出"心斋""坐忘",从现实世界中感悟生命,对其加以审美观照。审美体验论继承与发展了古代的感兴论和体验论。中国古代美学思想中的"顿悟说""言外之意""韵外之致"说都有着深刻的审美体验。南朝大文论家刘勰也说:"故寂然凝虑,思接千载;悄焉动容,视通万里;吟咏之间,吐纳珠玉之声;眉睫之前,卷舒风云之色。"[②]宗白华将审美体验作为美学研究的中心,强调人生的感悟。童庆炳认为,"审美体验是自由在瞬间的实现"[③]。人要进入美的境界,只能通过审美体验。只有审美体验能帮助人们获得真正的自由。童庆炳认为,"审"是指主体对

---

[①] 康德. 判断力批判[M]. 邓晓芒,译. 北京:人民出版社,2002.
[②] 刘勰. 文心雕龙[M]. 郑州:河南大学出版社,2008.
[③] 童庆炳. 中国古代心理诗学与美学[M]. 北京:中华书局,2013.

接收到的信息进行观照、感悟、判断和加工，在这个过程中，人的一切心理机制处在最活跃的状态，注意力、感知力、情感、想象和理解等都参与信息的处理和加工。"美"指的是被接收的客体信息。审美活动形成一个"心理场"，审美场是心理处于活跃状态的主体，在特定的心境、时空条件下，在历史文化的渗透的条件下，对客体美的观照、感悟、判断。后来，童庆炳又进一步提出了文学作品"审美"的"格式塔质"，认为审美是一种情感评价，带有整体性和结构性，因此审美是文学的本质。

钱中文在详细考证资料的基础上主张：文学作为一种审美意识形态，是以情感作为中心的，也是思想认识和情感的融合。虚构性是文学的核心特征之一，但同时这种虚构性并不是一种天马行空的虚构，而是内含一种特殊的真实性；文学的目的性无关功利，其社会性又带有审美意识形态性。

黑格尔说："我们假定它（艺术的著作）里面还有一种内在的东西，即一种意蕴，一种灌注生气于外在形状的意蕴。那外在的形状的用处就在指引到这意蕴。"[1] 由此推断："意蕴"是一种"内在的东西"，是"理念"。童庆炳借用"意蕴"这个概念，把它作为文学审美的载体，作为文学作品的真正中心，文学的审美意识形态就在"意蕴"中显现出来。钱中文举出《狂人日记》中"狂人"的种种表现，如："合伙吃我的人，便是我的哥哥！吃人的是我哥哥！我是吃人的人的兄弟！我自己被人吃了，可仍然是吃人的人的兄弟！"钱中文指出：《狂人日记》这部小说的"意蕴"就是批判封建礼教的吃人本质。文学意蕴是意象与意境融合所创造出来的，如柳宗元（773—819）的诗《江雪》，短短二十字就勾勒出了一幅孤寂、苍凉、辽阔的江天雪景图。"通过文学意蕴的呈现，我们将艺术作品中的感受与个人的日常生活勾连起来，感受文学作品当中所蕴含的人生意义以及生命哲理，领略那些千百年来不朽的、为人称道的艺术精魂，为我们每一个生命个体的发展提供智

---

[1] 黑格尔. 美学 [M]. 朱光潜，译. 北京：商务印书馆，1981.

慧启迪，这便是文学意蕴的无穷意义。"①

　　文学审美本质论的形成与拓展审美功能在文学创作和鉴赏上有着非同寻常的影响力，它是文学艺术的根本特征，是文学的生命力和价值所在，没有审美的文学不能称之为文学。"文学的审美特性，牵涉的方面很广，但其最基本的特色就是具有很强的艺术魅力或很强的思想艺术感染力，使人或沉思嗟叹，或心怡神旷，或感激愤悱，或冥思幽想，而又处于被吸引、被驱使的不能自已的状态。"②康德认为，艺术的本质特征是"自由的合目的性"。孔子曾这样说："小子何莫学夫诗？诗，可以兴，可以观，可以群，可以怨。""兴"就是"感发志意"，抒发个人的心情，也包含着审美功用。钟嵘在儒家政教功用价值观为主的文学风气中，写下了以审美为中心的诗学理论——《诗品》，开创了审美的文学观念。钟嵘提出的"滋味说"影响深远。《颜氏家训》里，颜之推也教导他的子孙说，文学可"陶冶性灵"。唐代司空图提出了"韵外之致，味外之旨"以及"象外之象，景外之景"，他的《二十四诗品》也从审美的角度研究了诗歌。宋朝严羽的"兴趣说"也极有审美特点。

　　李国春认为，文学作品的审美特性主要体现在三个方面：作者构建的艺术形象、作者对人生的审美体验以及读者在阅读过程中获得的审美观照。文学的艺术形象是审美功能得以产生的客观基础，很多艺术形象已经成为世界文学长廊的经典，如哈姆雷特、唐吉诃德、阿Q等。在塑造艺术形象的过程中，作者对于人生的感受和体验以及对人生作出的审美判断也就随之流露于字里行间，作者在创作的过程中回忆、玩味并提炼自然之美、社会之美和人性之美，从而创造出感人的审美艺术形象。读者根据自己的审美能力和艺术修养，在阅读文学作品的时候，身心浸淫在文本所创作的艺术世界和人物的内心世界里，进行想象、联想和再创造，从而形成自己的审美观照，带来情感上的愉悦和心灵上的陶冶。

---

① 叶清华. 探析何为文学意蕴——以柳宗元《江雪》为基本范例 [J]. 新纪实，2021（32）：18-20.
② 敏泽，党圣元. 文学价值论 [M]. 北京：社会科学文献出版社，1999.

鲍列夫认为:"艺术创造的可贵在于,它给人们揭示生活的真理并使人们得到认识美所带来的最大的愉悦。"[①]生动形象的塑造和优美意境的构建都会给人们带来审美愉悦。真正的美是没有任何利害关系而令人愉悦的对象,当人们在阅读或者写作过程中头脑中构建出了作品的优美,在一种暂时的"超越"的境界里自由驰骋,这就是好的审美体验。英国诗人雪莱在《诗辩》中这么形容抒情诗:"它让心灵容纳许许多多未被理解的思想组合,从而唤醒心灵,并扩大心灵的领域。诗揭开帷幕,露出世界所隐藏的美,使平常的事物反而像是不平常了……诗中被人格化了的事物,都带着极乐世界的光辉,人们对这些事物静观冥想,便在自己的心灵上永远留下了含义优美而又高贵的纪念碑,这种含义更扩大自己的影响到同时存在的一切思想和行为中去。"优秀的文学作品反映了作家的审美观照,然而,文学的审美娱乐功能却是需要一定的艺术和文学修养的,它不像教化功能那样,在指向受众的展现中要力争用受众所能领会的语言去呈现。人的审美活动有时候还需要具备一定的专业知识,如欣赏歌剧、音乐会、画展和雕塑等。马克思在《1844年经济学哲学手稿》中谈道:"只是由于人的本质客观地展开的丰富性,主体的、人的感性的丰富性,即感受音乐的耳朵,感受形式美的眼睛,简言之,那些能感受人的快乐和确证是人的本质力量的感觉,才一部分发展起来,一部分产生出来。因为不仅是五官感觉,而且所谓的精神感觉、实践感觉(意志、爱等),总之,人的感觉、感觉的人性,都只是由于相应的对象的存在,由于存在着人化了的自然界,才产生出来的。五官感觉的形成是以往全部世界历史的产物。"然而,如马克思在《1844年经济学哲学手稿》中所言,"忧心忡忡的穷人甚至对最美丽的景色都无动于衷"。只有社会的全面进步,人民大众获得彻底的解放,才能彻底废除人的异化,用审美的眼光去看待这个世界。

人的审美体验主要表现在人通过审美体验对艺术形象进行审美感知,从而引起情绪体验。这种情绪体验同时也是一种评价活动,与主体头脑中既定的知、情、

---

① 鲍列夫. 美学[M]. 北京:中国文联出版公司,1986:226.

意等心理结构密切相关。

鲁迅的《社戏》中有这么一段描写:"两岸的豆麦和河底的水草所发散出来的清香,夹杂在水气中扑面的吹来;月色便朦胧在这水气里。淡黑的起伏的连山,仿佛是踊跃的铁的兽脊似的,都远远地向船尾跑去了,但我却还以为船慢。他们换了四回手,渐望见依稀的赵庄,而且似乎听到歌吹了,还有几点火,料想便是戏台,但或者也许是渔火。那声音大概是横笛,宛转,悠扬,使我的心也沉静,然而又自失起来,觉得要和他弥散在含着豆麦蕴藻之香的夜气里。"作者运用了极为细腻的笔触,描写了故乡开社戏时候的景色,有嗅觉、触觉、视觉、听觉,极其有效地调动了读者的想象,让读者对作者故乡的风景人物形成了生动的形象,也感受到了作者对儿时、对故乡深沉的思念之情。

茨威格的《世界最美的坟墓》里面有这样一段描写:"这里,逼人的朴素禁锢住任何一种观赏的闲情,并且不容许大声说话。夏天,风儿在俯临这座无名者之墓的树木之间飒飒响着,和暖的阳光在坟头嬉戏;冬天,白雪温柔地覆盖这片幽暗的土地。无论你在夏天还是冬天经过这儿,你都想象不到,这个小小的、隆起的长方形包容着当代最伟大的人物当中的一个。"作者用极为朴实无华的文字描写了托尔斯泰墓的朴素和环境的宁静。然而,坟墓的主人却给这块墓地带来了庄重和肃穆,使人感受到强烈的震撼同时心灵受到洗礼。寥寥几句却蕴含深情,反映了托尔斯泰的高尚和伟大的人格力量,表达了茨威格对托尔斯泰的怀念和赞美。

文学的审美功能、教化功能、认知功能和娱乐功能是很难截然分开的,尤其是审美功能和娱乐功能更是交织在一起。童庆炳提出了"审美溶解说",即文学不是纯审美的,而是以独特的方式,将非审美因素如政治、道德、认识和娱乐等凝聚起来的。李国春提出,文学的审美可以分审美认识功能、审美教育功能和审美娱乐功能。

"文学是主体审美意识的语符化显现,作家通过塑造艺术形象对现实生活进行艺术概括,以展示艺术形象的真理;蕴含和寄寓着作家倾向鲜明的道德评价和审美评价，具有巨大的思想教育力量和审美的感染力。所以文学必然要将客观生活的真、善、美三者有机地统一起来，也就是说，文学艺术的美就是通过作家审美创造而形成的艺术形象体系所表现出来的生活的真和善，它们是不可分割的整体。"[1] 到了后现代主义思潮兴起，文学的形式和内容均发生了巨大的变化，"而非理性主义、反形式、反审美的泛滥，导致了文学语言上的无标点，句子无主谓结构，反修辞，反形式逻辑，无主题等，其目的是企图以形式上的随心所欲，博取反审美的效果。他们所反对的不仅是古典美学的内容美，还包括本世纪初一些美学家所重视的形式美的原则"[2]。这种反审美的思潮否定了艺术的价值和意义。然而，让人活在这个世界上的是人性中的"真善美"，而不是这喧嚣一时的非理性主义思想，文学的审美功能最终会伴着文学继续前进。

## 第三节　文学的认识功用

传统上而言，中西的文学功用论大体一致，基本分为两种：教化论（政教论）和审美论。除这两个之外，文学还具有认知功能，只不过，文学的认知功能和自然科学的认知功能并不相同，它具有具体、感性和形象的特点。鲁迅在《坟·摩罗诗力说》里说道："盖世界大文，无不能启人生之閟机，而直语其事实法则，为科学所不能言者。所谓閟机，即人生之诚理是已。此为诚理，微妙幽玄，不能假口于学子。如热带人未见冰前，为之语冰，虽喻以物理、生理二学，而不知水之能凝，冰之为冷如故；惟直示以冰，使之触之，则虽不言质力二性，而冰之为物，昭然在前，将直解无所疑沮。惟文章亦然，虽缕判条分，理密不如学术，而人生诚理，直笼其辞句中，使闻其声者，灵府朗然，与人生即会。如热带人既见冰后，曩之竭研究思索而弗能喻者，今宛在矣。"文学的认知功能研究在很大程度上受

---

[1] 李国春.论文学的审美功能[J].郴州师范高等专科学校学报，1999（3）：40-44.
[2] 敏泽，党圣元.文学价值论[M].北京：社会科学文献出版社，1997：135.

益于认知诗学。文学认知诗学认为,虽然文学是虚构的,但是它和现实在认知上并不是分离的。根据斯托克威尔的理论,文学阅读要想达到理解,读者就必然运用头脑中各种资源对作品中的人物和故事情节进行重新建构,它必然涉及对人物心理的分析,包括认同和移情,以及对文学作品所反映的伦理道德的认可与同情。读者必须妥善安置自己的情感以保证阅读继续下去。斯托克威尔做了个"文学之旅"的比喻:读者被看作"旅行者",这些"旅行者"通过阅读而进入一个文学所虚构的世界,并在自己的心理认知结构和情感基础上去进行一个新的建构。读者对文学作品的阅读被比作"被传输(输送)"。这是一趟"心灵之旅",旅行者(读者)要"被传输"到"另一个地方"。在此过程中,他(她)要适应不同的环境,遇见各异的人物,甚至于接受不同的感知和信仰。唯有如此,阅读才能继续下去,读者才能在那个文学中的世界生存下去。

"故事的讲述或接受可以唤醒记忆、激发情感(艾森克的'生理唤醒'),而故事的建构又需要多种心智活动的参与,这就是认知活动。当我们以一种新颖的方式讲述某个故事,或接受某个以新颖的方式讲述的故事时,我们关于故事的原有图式和讲述故事的固有模式受到了挑战,必须进行调整,于是认知活动改变了,从而认知能力得到了提高和发展。"[①] 孔子说:"诗可以兴,可以观,可以群,可以怨。""观"即"观察、认识"之意,他还说,观《诗》可"多识于鸟兽草木之名"。后世文论家进一步考证说,"观"还包括观察社会政治风俗。不管怎么说,只要你用心去"观",就必然涉及认知。

福斯特的《小说面面观》提到,"对其内在生活和行为动机了如指掌的人是极其有限的,而小说的伟大之处在于它真正揭示了人物反观自身的内心活动。"

我们一般认为认知活动主要包括科学认知和日常认知,其实,除以上这两种认知之外,我们在接触艺术作品的时候,还会发现审美认知。审美认知可以和日常认知发生交叉。日常认知又称一般认知或普遍认知。这种认知发生在日常生活

---

[①] 熊沐清. 故事与认知——简论认知诗学的文学功用观 [J]. 外国语文, 2009, 25 (1): 6-15.

中，在多数情况下，它是潜意识发生的，具有非系统性，无时无刻不在发生着，与人的日常活动密切相关。而审美认知与科学认知大多是有目的、有意识和有计划的。与一般认知相比，审美认知是一个较高阶段的活动。斯托克威尔认为，文学阅读是"理性的抉择和创造性的意义建构"，读者完成"文学之旅"归来时已有所改变。读者的改变当然是多方面的，造成这种改变主要原因也自然是来自阅读的认知功能。

迈克尔·伯克（Michael Burke，1994— ）是认知学领域的知名学者，他在阐述文学的认知功能方面做出了很多重大贡献。他认为："文学实际上是从一个故事到另一个故事的投射，是一种基本的认知能力，帮助我们认识和理解文字和非文字的交际能力。"[1] 事实上，人类的认知过程有着多样的心智活动，而叙事是一个对记忆的再加工过程。心理学认为，记忆是一种特殊的认知功能。根据人类学家克利福德·格尔兹（Clifford Gertz，1926—2006）的观点，作为人类呈现和理解经验的一个关键形式，叙事是呈现和理解经验最好的方法。就算是作者在创作过程中使用变形的方式，也不过是对社会现象和客观存在的本来形态做出改变，也是一种有效的叙事，只不过，这样的叙事对读者的原有图式提出了挑战，读者需要调动自己的认知对其做出自己的解读。在这个过程中，读者也同样对认知进行了重构，提高了自己的认知。叙事心理学家西奥多·R.萨宾（Theodore Sabine，1911—2005）也说，"人类思考、知觉、想象以及进行道德抉择都是依据叙事的结构""叙事是人们对事件的基本组织原则"[2]。社会动荡，人们面临着生存压力，行为变得谨小慎微时，或者在政治高压，很有可能会因言获罪的社会环境中，创作者对叙事进行变形处理是一种寻常的做法。比如清代小说家蒲松龄的《聊斋志异》，作者在书中对人类社会进行了变形处理，创造了一个狐仙鬼妖的艺术世界，控诉了封建社会对百姓的压榨，儒家礼教对年轻人特别是对读书人的毒害，入木

---

[1] 刘立华，刘世生．语言·认知·诗学《认知诗学实践》评介 [J]．外语教学与研究，2006（1）：73-77．
[2] 西奥多·R.萨宾．叙事心理学 [M]．何吴明，舒跃育，李继波，译．北京：北京师范大学出版社，2020．

三分地批判了封建社会制度，抨击了科举制度的腐朽。阿根廷作家胡里奥·科塔萨尔（Julio Cortázar，1914—1984）的小说《跳房子》打破传统的以时间为顺序的布局方式，给读者带来新颖的阅读体验，重构原来习以为常的世界。还有法国作家普鲁斯特的《追忆似水年华》，爱尔兰作家乔伊斯的《尤利西斯》，作者运用"意识流"的手法对小说的文学风格这个概念空间进行了极致的探索和拓展。"接受者不但要识解叙述者的叙述，还要根据这种虚拟的叙述构建虚拟的时间和空间世界，重新创造新的叙述世界。"[1] 对于那些风格特别的文学作品，读者如果能够完整阅读并且有了理解，那么他所投入的认知活动也将是巨大的，他的心理重构必然也会有很大的收获。比如，在诗歌的欣赏中，我们借助自己的原有认知经验，对作品进行解读，可以实现由直观体验到超脱妙悟，这些审美切入心灵，形成精神上的共鸣，如艾略特的《荒原》、叶芝的《基督重临》等象征主义诗歌。

纳尔逊·古德曼（Nelson Goodman，1906—1998）认为："一个风格越是不合我们的方法，我们被迫做出越多的调整，我们所获得的洞察就越多，并且也越多地增进了我们的发现能力。"[2] 比如，在日常行为习惯中，视觉是视觉，听觉是听觉，嗅觉是嗅觉。然而，在很多文学作品中，作家却故意把这些感觉中的两种或者多种给贯通了。比如朱自清先生的《荷塘月色》里面的名句："微风过处，送来缕缕清香，仿佛远处高楼上渺茫的歌声似的"；"塘中的月色并不均匀；但光与影有着和谐的旋律，如梵婀玲上奏着的名曲"。作者用歌声描绘荷花的清香，把无声的嗅觉变为美妙的听觉；以"和谐的旋律"来形容"光和影"，把"光和影"比作名曲，读来令人叫绝。钱锺书先生的《围城》里说："方鸿渐看唐小姐不笑的时候，脸上还依恋着笑意，像音乐停止后袅袅空中的余音。许多女人会笑得这样甜，但她们的笑容只是面部肌肉的柔软操"，看到唐小姐的"笑意"是视觉，"余音"是听觉，"甜"是味觉，这是通过视觉、听觉，然后再通过味觉来描绘唐小姐的

---

[1] 熊沐清. 故事与认知——简论认知诗学的文学功用观[J]. 外国语文，2009，25（1）：6-15.
[2] 纳尔逊·古德曼. 构造世界的多种方式[M]. 姬志闯，译. 上海：上海译文出版社，2008：42.

笑的美，可以说生动又传神。英国诗人阿瑟·西蒙斯（Arthur Symons，1865—1945）在欣赏了肖邦的音乐之后，写了一首著名的诗歌"The Opium-Smoker"来形容自己奔腾涌动的情感：

"I am engulfed, and drown deliciously.Soft music like a perfume, and sweet light Golden with audible odours exquisite, Swathe me with cerements for eternity.Time is no more.I pause and yet I flee.A million ages wrap me round with night.I drain a million ages of delight.I hold the future in my memory.Also I have this garret which I rent, This bed of straw, and this that was a chair, This worn-out body like a tattered tent, This crust, of which the rats have eaten part, This pipe of opium; rage, remorse, despair; This soul at pawn and this delirious heart."

"我被吞噬了，并沉醉其中。柔和的音乐像香水一样，甜美的光线像黄金一样，带着可闻的香气，精致细腻，用仪式将我永远包裹。时间不再流逝。我停下来，却又逃离。一百万年前的黑夜将我包围。我耗尽了一百万年的快乐。我很怀念未来。我还租了这间阁楼，里面有一张稻草床和一把椅子，这破旧的身体像破烂的帐篷，老鼠吃掉的地皮，这根鸦片烟枪；愤怒、悔恨、绝望；这典当的灵魂，这疯狂的心。"

诗人充分调动了自己所有的感官，把欣赏音乐的"听觉"幻化在视觉、嗅觉、味觉和触觉之中，将所有的感觉都糅合在一起，创造了独特的艺术境界，让读者仿佛身临其境，全方位地感受肖邦乐曲的魅力。

在欣赏这样的文学作品时，读者能突破自己日常生活中的感官定式，产生出新的认知体验。美国教育心理学家、认知心理学家杰罗姆·布鲁纳（Jerome Seymour Bruner，1915—2016）将叙事作为一种思维形式，他认为，"讲故事（storytelling）可作为理解世界本质的基本方式"。叙事与文化是同构的，这是因为，二者都是"大众叙事，像一般的叙事那样，像文化本身一样，围绕着支撑希望的规范和唤醒可能的违规之间的辩证对立关系组织起来，考虑到这一点，故事成为文化的流通货币并不令人惊讶"[1]。而个体意义与公共意义之间的双向转化也要通过叙事,从而使得文化得以丰富和发展。"一方面,文化是个体意义建构的历史积淀。个体意义的外化、合法化、制度化,便成为文化。个体意义的建构又在文化所提供的工具和意义资源的框架下进行。另一方面,个体只有拥有了文化所赋予的符号系统、知晓了文化中的公共意义才能进行意义建构。而实现这种双向转化的渠道正是叙事。"[2]文化具有一致性、稳定性和延续性,需要不断流转的叙事故事来保持并得以丰富和发展。诸如"嬉皮士""垮掉的一代",以及"荒诞戏剧""直面戏剧"等曾经让人无法直视的那些后现代主义作品,最后也慢慢地被主流社会认可,成了传统文化的一部分。日常生活中人们的意义建构通常是以叙事的方式进行的。通过故事进行思考和对现实进行建构,自我建构实际上也是一种叙事创作。在这种情况下,自我既是叙事者,又是故事的主角。除此之外,"对他者的理解就是对其拥有的故事的理解,就是对其在一定背景下的意义建构的理解,也就是对其在一定的背景下进行叙事思考的理解"[3]。认知诗学认为,叙述活动中的最基本的认知结构是"小空间故事",它是最小的叙述单位。这些"小空间故事"就是一个"故事域",具有完整的叙事要素。这些"小空间故事"是固定的生活场景或者模式,是无意识的"惯性思维"形式的存在,如日常固定场景、习语、成语故事等。众多的"小空间故事"组合在一起,形成无意识的"事件叙述流",构成叙事世界。当我们在阅读文学作品的时候,这些"事件叙事流"能够帮助我们迅速形成思维图式,融合成更大、更抽象的故事。"叙事是文化的'流通币',是理解他人的基本途径,自我也是在叙事中建构起来的……在日常生活中,人们通常以叙事的方式来理解、建构、交流与传播意义。"[4]迈克尔·伯克把这种理解模式称为"叙事投射",就是由一个故事指向另一个故事,接受者就从

---

[1] 布鲁纳.故事的形成:法律、文学、生活[M].北京:教育科学出版社,2006.
[2] 向眉.布鲁纳叙事教育思想及其启示[J].课程·教材·教法,2014,34(11):115-120.
[3] 同②.
[4] 同②.

一个"场域"被引导到另一个"场域",它帮助读者理解文学作品其他故事甚至创造新的故事。这样,读者的认知结构就会有所改变。"讲故事"是作者对世界的一种认知和表达。故事是可感知的本源,便于人们组织各种知识域,从而获得认知的发展。每一个民族的文明初创时期,都会有动人的神话故事,有的民族的神话故事庞大且成体系,如古希腊、罗马的神话体系。原始先民的状况和儿童有相似之处,对于世界的认知尚停留在初级阶段。儿童的认知发展离不开"讲故事",神话故事、童话故事和寓言故事是儿童获得认知的重要资料。他们通过听故事来获得对世界的直接或间接体验,并通过自己讲故事来整理和重构自己的认知世界,形成各种认知结构。不同年龄段儿童的叙述话语在各个方面如长度、连贯性和复杂性程度都是不一样的。不同年龄段的儿童,他们的认知能力有着明显的差异,在叙述投射上的把握也相对不同,如"内模仿"。"内模仿"是指主体对认知对象的一种无意识的模仿。在这种无意识的模仿活动中,儿童能够把对当前形象的知觉和自己已有的经验和记忆融合起来,从而改变或提高自己的认知。

## 第四节　文学的娱乐功用

文学的娱乐功用大概算得上文学最古老的功能之一了,古人在劳动之余,或是宗教祭祀的时候所进行的活动包含着一定的娱乐性,后来的文人学士在生活不如意的时候,从文学作品中获得心理的宣泄、排遣和补偿也屡见不鲜。《毛诗序》说:"诗者,志之所之也。在心为志,发言为诗。情动于中而形于言。言之不足,故嗟叹之;嗟叹之不足,故咏歌之;咏歌之不足,不知手之舞之,足之蹈之也。"这可算是古人重视文学之娱乐功能的明证。陆机在《文赋》中说创作是"可乐"之事;要说文学的自我安慰,或者怡然自乐,中国晋代的大诗文家陶渊明就是个很好的例子。他难以忍受官场的腐败和束缚,辞官回乡,提出了"著文自娱"的观点。他在《饮酒》一诗中有说:"采菊东篱下,悠然见南山";他在《归去来辞》

中说:"引壶觞以自酌,眄庭柯以怡颜。倚南窗以寄傲,审容膝之易安。园日涉以成趣,门虽设而常关",体现了道家"自适其适"的人生价值观。魏晋时期,由于社会动荡,权斗频仍,整个文学思潮逐渐呈现出脱离儒家政治教化的现象,文学注重抒发个人的生活体验和感情。北宋中期也是同样的情况,由于新旧党争加剧,因言致祸的情况屡见不鲜。这一时期的文人出于个人安危的考虑,思想开始内转,注重个人内在道德精神的陶冶。黄庭坚在《书王知载朐山杂咏后》一文中这样说道:"诗者,人之情性也,非强谏争于庭,怨忿诟于道,怒邻骂坐之为也。其人忠信笃敬,抱道而居,与时乖逢,遇物悲喜,同床而不察,并世而不闻,情之所不能堪,因发于呻吟调笑之声,胸次释然,而闻者亦有所劝勉。比律吕而可歌,列干羽而可舞,是诗之美也。其发为讪谤侵陵,引颈以承戈,披襟而受矢,以快一朝之忿者,人皆以为诗之祸,是失诗之旨,非诗之过也。"《颜氏家训》里,颜之推也教导说,文学可"陶冶性灵"。胡仔在《苕溪渔隐丛话》后集卷第六中引用陶渊明的话:"余家贫,耕植不足以自给,幼稚盈室,瓶无储粟,生生所资,未见其术。"并说(胡仔)就是这种情况。他作诗以自况:"壮图鹏翼九万里,末路羊肠百八盘。"形容自己虽然老了,但是贫穷依旧。胡仔的诗学思想也影响了他对诗歌的鉴赏。"少陵题画山水数诗,其间古风二篇,尤为超绝。荆公、东坡二诗,悉录于左,时时哦之,以快滞懑。"李渔也认为,创作能使人"郁藉以舒,愠为之解"。他在《闲情偶寄》中说道:"予生忧患之中,处落魄之境,自幼至长,自长至老,总无一刻舒眉。惟于制曲填词之顷,非但郁藉以舒,愠为之解。"敏泽和党圣元评价道:"文学的价值在于,艺术家在对于生活的独特感受、发现基础上,出于情感的和思想的需要,通过想象和幻想,以语言符号为手段而对世界进行的一种审美的再创造,或者是文学主体在特定遭际、感悟中某种独特情感的诗的宣泄或抒发。"[①]

到清代,很多文论家坚持文学的娱乐功能,提出了"解闷""相娱""相慰""快

---

① 敏泽,党圣元.文学价值论[M].北京:社会科学文献出版社,1999.

心""消愁"等观点，使文学的娱乐功能为大众所接受。民国时期，文学的娱乐功能得到大力发展。1914年6月在上海创刊的鸳鸯蝴蝶派周刊《礼拜六》的《出版赘言》中说道："买笑耗金钱，觅醉碍卫生，顾曲苦喧嚣，不若读小说之省俭而安乐也……一编在手，万虑都忘，劳瘁一周，安闲此日，不亦快哉！"邵雍（1012—1077）在《伊川击壤集》卷九《安乐窝中诗一编》中写道：

安乐窝中诗一编，
自歌自咏自怡然。
…………
意去乍乘千里马，
兴来初上九重天。
忺时更改三两字，
醉后吟哦五七篇。
直恐心通云外月，
又疑身是洞中仙。

这几句诗歌，把一个悠然自乐的文人形象生动地勾勒了出来。在社会压力大，或者个人状况不如意，特别是当作家处于逆境当中的时候，作家通过创作作品来抒发自身感情以减轻心理压力，缓解或消除心灵的痛苦则更是普遍，这是自由的情感的宣泄与释放。巴金在《文学的作用》一文里谈道："我有感情必须发泄，有爱憎必须倾吐，否则我这颗年轻的心就会枯死。所以我拿起笔，在一个练习本上写下一些东西来发泄我的感情、倾吐我的爱憎。"文学作品对人的情感有平复与治愈的作用，文学作品能打动读者，它的艺术形式或者思想内容必然要给读者带来审美愉悦。对此，李东阳（1447—1516）深以为然，他在《麓堂诗话》中说道："陶写情性，感发志意，动荡血脉，流通精神，有至于手舞足蹈而不自觉者。"尤其是在阅读小说或观看戏剧的时候，"阅读文学作品会将读者带入到主人公的视角，因他喜而喜，因他忧而忧。但毕竟读者不是作品里的主人公，他们隔了一层，于是欢喜也是带有欣慰的微喜，忧愁也是隔了朦胧雾气的感伤。在这或截然不同、或同病相怜的情境中，读者心中最柔软的部分被打动，变成一种情感的慰藉。读完后也许是忘却眼前，重新开始；也许是感到不再孤独，勇敢前行。文学作品潜移默化地消解了人们消极的情绪，带来情感的治愈"①。

文学作品要想给读者带来娱乐之感，那就应该按照娱乐的规律来创作。文学在创作的时候首先要能"自娱"，然后才有可能给读者带来娱乐享受。英国"认知诗学"（cognitive poetics）的代表人物斯托克威尔说道："文学阅读经常也是一种情感过程，一种感觉的经验，甚至提供一种身体方面的激动和愉悦的震颤，使你毛骨悚然，或者某个想法、某个短语、某个事件使你屏住呼吸，经久不忘。"②

李国春认为，"人们欣赏文艺作品，出发点并不是去寻求知识、接受教育，而是出于娱乐和休息的需要"③。

文学艺术的愉悦性是基于审美认知基础上的一种精神上的愉悦，它使人在情感上受到陶冶，就如同亚里士多德所谈到的悲剧的净化作用。苏珊·朗格（Susanne K.Langer，1895—1982）说："艺术教育就是情感教育，一个忽视艺术教育的社会就等于是使自己的情感融入无形式的混乱状态。"④一部好的文学作品对情感的梳理和调整有着不可忽视的作用，它有助于培养健全的人格和良好的社会风气。它对人类情感的净化作用、升华作用、补偿作用都有着不可替代的意义，尤其是当人感到失意或抑郁消沉的时候，文学作品可以给其带来心灵上的抚慰，使人保持心理上的平衡，不至于迷失和纠缠在痛苦和失望中。如鲁迅先生在《呐喊·自序》中说道："我在年轻时候也曾经做过许多梦，后来大半忘却了，但自己也并不以为可惜。所谓回忆者，虽说可以使人欢欣，有时也不免使人寂寞，使精神的丝缕还牵着已逝的寂寞的时光，又有什么意味呢，而我偏苦于不能全忘却，这不能全忘

---

① 赵立筠.论文学的功用[J].新纪实，2021（1）：61-63.
② Stockwell Peter.Cognitive Poetics：An Introduction[M].London and New York：Routledge，2002.
③ 李国春.论文学的审美功能[J].郴州师范高等专科学校学报，1999（3）：40-44.
④ 苏珊·朗格.艺术问题[M].滕守尧，朱疆源，译.北京：中国社会科学出版社，1983.

的一部分，到现在便成了《呐喊》的来由。"

人们对生活都怀有美好的愿望，理想境界愈高，痛苦和失望也就愈加强烈。文学艺术可以很好地调节这些负面情绪。宋代胡仔在《苕溪渔隐丛话》中讲了一个故事，由于党争案，秦观作为"苏门四学士"之一也多次遭到牵连。元祐二年（1087），秦观又被贬到了汝南，心情极为抑郁，病卧床上，长时间没有好转。友人带着王维的《辋川图》来看望秦观，此画绿水青山，清逸秀丽。秦观遵照友人嘱托，每每临观，自感犹如身临其境，渐渐就忘却了烦恼，后来身体也痊愈了。秦观后来给《辋川图》作了一篇题跋："余曩卧病汝南，友人高符仲携摩诘《辋川图》，过直中相示，言能愈疾，遂命重持于枕旁阅之。恍入华子冈，泊文杏竹里馆，与裴迪诸人相酬唱，忘此身之匏系也。因念摩诘画，意在尘外，景在笔端，足以娱性情而悦耳目，前身画师之语非谬已。今何幸复睹是图，仿佛西域雪山，移置眼界。当此盛夏，对之凛凛如立风雪中，觉惠连所赋，犹未尽山林景耳。吁，一笔墨间，向得之而愈病，今得之而清暑，善观者宜以神遇而不徒目视也。五月二十日，高邮秦观记。"由此可见，艺术给人们带来的愉悦可以宣泄郁积的痛苦，使失调的情感重新获得平衡。

## 第五节 文学社会功用的多元共存性

文学的社会功用是多元的，它既可以独立地发挥某一种具体的作用，也可以同时具有多重的表现。"文学功能是文学价值的一种外化方式和具体体现，而文学的认识功能、教育功能、娱乐和审美功能，恰恰是与文学的真、善、美的价值内涵相对应的。应当注意的是，尽管认识、教育、娱乐、审美是文学的几种主要功能，但它们毕竟无法宏观地囊括所有的文学功能于其内。在丰富复杂的人类社会需要和人类精神需求面前，文学提供着更多的超出其外的功能性满足。"[1]

---

[1] 董学文.论文学的功能和功能系统[J].武陵学刊，2013，38（6）：79-86.

古罗马著名学者昆图斯·贺拉斯·弗拉库斯（Quintus Horatius Flaccus，前65—前8）就倡导"寓教于乐"，他在《诗艺》中说道："诗人的愿望应该是给人益处和乐趣，他写的东西应该给人以快感，同时对生活有帮助。""对于人类生活来说，教化的任务似乎更为迫切和重要。"[1]就文学的认识功用来说，它所提供给读者的主要是认识的"材料"，让读者可以直接感受。因此，不同读者对同一份文学"材料"的感知和视角也是不同的，从中获得的知识也不同。董仲舒（前179—前104）说过，"诗无达诂"。同一部《红楼梦》，毛泽东说他是把它当历史来读的；蒋勋则把《红楼梦》当成佛经来读，在他的眼里，这部小说处处都是慈悲和觉悟。鲁迅如是评论道："《红楼梦》是中国许多人所知道，至少，是知道这名目的书。谁是作者和续者姑且勿论，单是命意，就因读者的眼光而有种种：经学家看见《易》，道学家看见淫，才子看见缠绵，革命家看见排满，流言家看见宫闱秘事……"[2]《淮南子·人间训》中也说道："夫歌《采菱》，发《阳阿》，鄙人听之，不若《延路》《阳局》。非歌者拙也，听者异也。"恩格斯盛赞巴尔扎克的《人间喜剧》说：甚至在经济的细节方面（如革命以后动产和不动产的重新分配），我学到的东西也要比从当时所有职业历史学家、经济学家和统计学家那里学到的全部东西还要多。虽说是"仁者见仁、智者见智"，但是文学作品以其内容和形式的丰富性，对人的精神世界有着综合性的影响力。有人主张，文学的认识功能永远也无法和科学的认知功能相比，因为，文学作品并不是为人们提供某种知识、理论或原理，而是一种虚构，是把生活典型化和审美化。但是，艺术审美也有自己的特殊规律，文学在引导读者对社会生活的认识也是科学的认知所无法代替的。

在中国的近现代，出现了文学的"非功利性"和"功利性"的激烈交锋。非功利派认为，文学作品乃是作者内心激情洋溢的产物，贵在"发乎情"。王国维在《文学小言》说："文学者，游戏的事业也。人之势力用于生存竞争而有余，于

---

[1] 林兴宅.评流行的文学功用观[J].福建论坛，1981（1）：50-54.
[2] 鲁迅.集外集拾遗补编·《绛洞花主》小引[M].北京：人民文学出版社，2006.

是发而为游戏。"强烈批判传统文学功利观及晚清以来的"新民之道"的文学功利观,对中国几千年的强大的传统功利主义文学大加挞伐。他认为,文学是人生的表现。他说元曲之佳乃是元曲是中国最自然之文学,即便词之一道,也应不失其赤子之心。王国维不遗余力地倡导文学的"真"与"自然"。他的"境界"一说可谓佳妙。然而,他也并非否定文艺之用。康德认为,纯粹美毕竟带有假想性质,符合纯粹美标准的作品毕竟少之又少,因此纯粹美只能是依存美。

王国维说:"世人喜言功用,吾姑以其功用言之。夫人之所以异于禽兽者,岂不以其有纯粹之知识与微妙之感情哉。至于生活之欲,人与禽兽无以或异。后者政治家之所供给,前者之慰藉满足,非求诸哲学及美术不可。"[1]

文学功用和价值论事关文学创作的基本立场,整体而言,教化论(教育论)与审美论是传统上中西文学功用论的两大基本观点。其中教化论包括政治教化与伦理教化,致力于提高政治秩序和社会良俗。审美论则专注于文学的艺术性和审美特性。这两种观点在西方的文论史上从一开始就并行发展。古希腊时期的柏拉图强调教化作用。文学就是要引导人们向善,为建设理想国而服务的。后来,柏拉图的学生亚里士多德在《诗学》中表现出了审美论的倾向。继承古希腊文明衣钵的古罗马文明也继承了审美论的观点。贺拉斯主张"寓教于乐",虽有综合论的倾向,但还是偏向于"乐"的。比如,他的《诗艺》主题就是讨论诗歌创作的形式技巧。到了罗马帝国没落的时候,朗吉弩斯(Cassius Longinus,213—273)创作了《论崇高》,把庄严伟大的思想放在第一位,使文学的政治与伦理功用上升到了领导地位。文艺复兴开始以后,人文主义思潮席卷欧洲大部,虽然教化和审美两种观点一起发展,但文学的审美特征日益受到重视,但丁的《神曲》表现出了从宗教神学向人伦道德的转移。

19世纪,审美论成为文论的主流。"为艺术而艺术"的口号的提出和唯美主义的兴起都是审美论得到重视和推崇的标志。本雅明(Walter Bendix Schoenflies

---

[1] 王国维. 王国维文集[M]. 北京:中国文史出版社,1997.

Benjamin，1892—1940)、库辛(Victor Cousin，1792—1867)、戈蒂耶(Théophile Gautier 1811—1873)、佩特(Walter Horatio Pater，1839—1894)和王尔德(Oscar Wilde，1854—1900)等人高举"艺术至上"的大旗，尤其是王尔德，身体力行，成为英国"唯美主义"的代表人物。王尔德在《道连·葛雷的画像》序言中明确提出："艺术家没有伦理的好恶，艺术家如在伦理上有所臧否，那是不可原谅的矫揉造作。"他认为："不是艺术反映生活，而是生活模仿艺术。现实社会是丑恶的，只有'美'才有永恒的价值。"①

20世纪的文论出现了新变化，这是因为世界的动荡，战争的残酷、生活的艰难和生命的脆弱深深地刺痛了人们，这促使人文主义者寻求救世的良方，这时文学功用的主流依然是教化论。他们夙兴夜寐，上下求索，为文学的发展做出了极大的贡献。在后来，一批文学批评家另辟蹊径，抛弃文学作品的社会背景，如作家的个人经历和创作特点等一切外在的东西，只把研究的重心放在文本上，这个潮流的主要代表是俄国的形式主义与和强调"细读"的英美新批评。

当我们把目光投向中国这片古老的土地，发现"教化论"同样是占据了主流。虽有很多怡情之作，如"婉约词""花间词"等也颇受当时文人士大夫的追捧，然而，文坛的主流依然是黄钟大吕、铁板铜琶的"大江东去"。只是，政治环境的宽松与否在很大程度上决定着时代文学的轮廓，中国清代大兴文字狱，文人们在无可奈何之下，研究起了"小学"。孔子被称为"万世师表"，他的学说是中国很多思想文化的源头，政教观文学功用论也不例外，学界也称孔子的文学功用论为"诗教观"。对于诗歌的用途，孔子这样说道："小子何莫学夫诗？诗，可以兴，可以观，可以群，可以怨。迩之事父，远之事君。多识于鸟兽草木之名。"对文学与政治的关系，子曰："诵《诗》三百，授之以政，不达；使于四方，不能专对；虽多，亦奚以为？"《荀子·儒效》说："《诗》言是，其志也。"《庄子·天下》也说："诗以道志。"先秦诸子，少有不主张"言志"的。"志"者，意、思想也。屈原

---

① 罗坚.文学理论表征与文化的深层——中西文学功用论之比较[J].比较文学，2007(2): 105-108.

（前340—前278）这个浪漫主义的大诗人也在《悲回风》一诗中说："介眇志之所惑兮，窃赋诗之所明。唯佳人之独怀兮，折芳椒以自处。"意思是耿介抱着远大志向感于世事，所赋之诗，就是我要表白的心迹。思慕先贤的胸襟独与众人迥异，我折取芳椒在室，思度何以自处自励。刘勰在《文心雕龙·序志》篇中说："盖《文心》之作，本乎道，师乎圣，体乎经，酌乎纬，变乎《骚》，文之枢纽，亦云极矣。"陆机（261—303）在《文赋》中说："伊兹文之为用，固众理之所因。恢万里而无阂，通亿载而为津。俯贻则于来叶，仰观象乎古人。济文武于将坠，宣风声于不泯。"此时正统的文论观就是要求文学应着眼于阐明伦理道德，教化百姓。

《尚书》记载，舜曾任命夔为乐官："命汝典乐，教胄子，直而温，宽而栗，刚而无虐，简而无傲。诗言志，歌永言，声依永，律和声。八音克谐，无相夺伦，神人以和。""诗言志"说反映了上古时候对诗歌本质特征的认识，成为中国诗论开山的纲领，贯穿几千年的中国诗歌史。到汉代，《毛诗序》主张诗要在"经夫妇，成孝敬，厚人伦，美教化，移风俗"的同时，又强调"在心为志，发言为诗，情动于中而形于言"，这算是较早的"情感"说，但是要求"发乎情，止乎礼义"，要求诗歌的"情"必须符合封建礼教的伦理道德规范。陆贾《新语·慎微》："在心为志，出口为辞。"刘向（约前77—前6）《淮南子·汜论训》："愤于志，积于内，盈而发音。"《汉书·艺文志》说："故哀乐之心感，而歌咏之声发。"刘歆的《七略》则明确提出"诗以言情"。王符（约85—约163）说："诗赋者，所以颂丑善之德，泄哀乐之情也。"但和《毛诗序》一样，强调对感情的严格限制。自汉末起，诗歌中的抒情特点更为突出，晋代陆机提出"诗缘情"说，重抒情，但不排斥言志。六朝的刘勰依然主张情志并举。唐代孔颖达（574—648）在《左传正义》中说："在己为情，情动为志，情、志一也。"其后的诗论家从唐代的白居易（772—846），一直到清代的叶燮（1627—1703）、王夫之（1619—1692）等，依然主张"情志并举"。当然，也有一些文人如钟嵘（约468—约518）、司空图（837—908）、严羽（1207—？）、王士祯（1634—1711）等倡导和发展诗歌中的美感，以"神韵"

为取向。王国维在前人的基础上，创造的"境界说"，对诗歌创作作了较为完整的阐述。实际上，正如孔颖达所言，情和志并没有截然的分别，只不过重情派的诗歌更多地偏向抒情和重视诗歌的艺术规律，与"教化论"相对立的纯粹的"审美论"几乎没有生长的土壤，而"政教观"文学功用论也一直持续到清末。民国初年，西学东渐，中国的大量文人如鲁迅、周作人、邵洵美、徐志摩等做了大量工作来介绍唯美主义，"审美论"才在中国开始生根发芽。后来，"政教论"再次主导文坛，像梁实秋等依然沉浸在艺术文学中的文人在当时遭到严厉的抨击和批判，"审美论"再度销声匿迹。

由此可见，"教化论"的文学功用观在东西方都是存在的，只不过，"审美论"在西方与"教化论"并行发展。文艺复兴运动以后，民主和自由的思想全面复活并发扬光大。经过霍布斯、洛克、康德、黑格尔等学者的推动，自由平等成为社会的主基调，文学审美论自然蓬勃发展。中国封建统治阶级对思想的钳制源远流长，从"焚书坑儒""罢黜百家，独尊儒术""存天理，灭人欲"，一直到清代的"文字狱"，文学成为皇权的奴隶，成了歌功颂德、维护皇权的工具。

实际上，文学的功用所在也就是文学的价值所栖，文学理论对文学作品的研究包含着价值评价。文学的价值是一个以审美为核心特征的复杂系统，"缺乏审美功能的'作品'，根本上就不可能成为真正的文学作品"[1]。这就要求审美主体首先要具备对审美特征的客观认识，在此基础上对文学作品进行主客体交融的理解和评价就是文学作品的审美呈现。诚然，每个人的审美认知和审美能力有差异，文学既然是人学，那么超越异化和复归本真人性就是文学的一个基本价值追求。然而，"在'日常生活审美化'与'文学泛化'的当下，文学的创作、传播、阅读、评价等过程常需要其他活动加以支撑，文学与艺术、历史、经济等各种领域相互融合，文学活动逐渐成为关系性的存在。因此，文学并不只有纯粹的审美价值，

---

[1] 敏泽，党圣元. 文学价值论[M]. 北京：社会科学文献出版社，1999.

还在与其他领域的复杂关系中衍生出多元价值"①。而且，自从启蒙运动以来，自然学科的影响力越来越大，社会学科竞相借鉴，走上了"社会科学"的道路。如今，科学的迅速发展呈现出益强大的统治力，人类的学术研究方法甚至是思维方式发生全面变革，各种新颖的理论如结构主义、解构主义等席卷社会科学。于是，马克思·韦伯曾经提出了一个"价值无涉"的概念，针对社会科学的学科性与方法论给出了一种解决方案。这个概念对文学功用论的启示就是：文学应该追求自己的本真，避免外在价值评判对文学事实的扭曲与遮蔽。"价值有涉"与"价值无涉"是文学理论发展的必然选择，双方都无法独自满足文学理论的发展诉求。

"价值无涉"并非完全排除人文学科研究中的价值判断，而是对价值判断作出"暂停"和"悬搁"，慎重对待将自然科学方法直接套用到社会科学的实证主义做法，维护对事实之真的追求。文学既为"人学"，那么引导人们追求"真善美"，塑造健康人性就是它的责任。"文学理论需要以促进人性的健康发展为旨归，既不把科学性追求作为放弃人文关怀的理由，也不因价值性特质干涉人的自主思考，使科学性的研究原则与价值性的实践态度相平衡……"②"价值无涉"体现了学者在面对客观事实的本真的基础上所做的对人性启蒙的本真的追求，而"价值有涉"则是文学批评者在研究文学理论的过程中，在观照人类的社会实践活动和个性全面发展的过程中的必然选择，这二者看似矛盾，但是它们都致力于人性的自由发展。因而，文学理论研究所追求的价值目标必然是人的自由全面发展。

柏拉图开启了西方文艺重主观情感的传统。亚里士多德继承了柏拉图的"模仿说"，并全面开花，肯定艺术的认识事物的功能、教育的功能、悲剧的净化功能。到了罗马的贺拉斯提倡"寓教于乐"才开始着重强调文学的教化功能，到后来的文艺复兴和启蒙运动时期则更加明显。文艺复兴时期强调文艺作品要服务于人民大众。新古典主义拥护王权，重视文学的教化功能但也没有压制人的情欲，使古

---

① 贾珊红.文学理论的价值性难题解决方案[J].中国文艺评论，2023（6）：62-72，126-127.
② 同①.

典主义保持了艺术魅力。启蒙运动主张用文学的教化功能来启蒙社会大众。19世纪的批判现实主义本着对社会对历史负责的态度，要求文学要真实地反映生活，而不是取悦统治者。

以系统论的观点来看，文学的各种功用绝不是孤立存在的。在文学作品这个整体系统中，任何一方面的意义都是以其他方面为基础的。文学的整体功能反映了作家在创作过程中，把自己对人生的认识、道德和情感等方方面面都融在一起，赋予作品以审美特性，因此，当读者在阅读文学作品时，审美体验把各种情感和思想都熔炼在一起，形成一个整体的印象。审美体验是通过对艺术形象引起强烈的情感体验，并根据读者自己已有的原则、标准、情感状态和人生态度相联系，自觉不自觉地进行评价活动。这说明：只有在审美体验之中，文学的教化、认知和娱乐等各个方面内容才互相渗透和交融，形成一个完整的审美体验。

# 第四章 关于"文学之死"的讨论

对文学表示明显的不喜欢可以追溯到古希腊时期。柏拉图认为,世界是由"理念世界"和"现象世界"这两者构成的。理念的世界是永恒不变的,而人类感官所接触的世界,仅仅是理念世界微弱的影子,就如同洞穴中的囚犯一样,以为影子就是真实的东西。诗具有虚构性和想象性,柏拉图是很不喜欢诗人的,他要把诗人逐出"理想国"。"因为像画家一样,诗人的创作是真实性很低的;因为像画家一样,他的创作是和心灵部分打交道的。"① 这句话赤裸裸地表达出了柏拉图对诗人的憎恶,并在以后的几千年里都有着很大的影响力,每当有人想对某位诗人或者诗人们表达厌烦的情感时,他都会把这一句话拉出来说一番。1828 年,德国哲学家黑格尔在演讲的时候说:"艺术对于我们现代人已是过去的事了。因此,它也已丧失了真正的真实和生命。"②

作为古典哲学和唯心主义思想的集大成者,黑格尔的观点也算是完成了柏拉图把诗人逐出"理想国"的心愿。黑格尔认为,"绝对精神"的发展可以划分为三个阶段:艺术—宗教—哲学,后一个阶段是对前一个阶段的超越和扬弃。艺术并不能完全地把"绝对精神"表现出来,所以就被宗教和哲学否定和扬弃了。中国学者曾佳认为,按照黑格尔的理解,"由于绝对精神在逻辑上必然是从低向高发展,因此艺术必然要被最高的哲学取代,在这层意义上艺术也就终结了"③。

1997 年,希利斯·米勒应邀到北京大学作报告,题目是《论全球化对文学研究的影响》。米勒认为,随着全球化的加速,"传统意义上的文学在新型的、全球

---

① 柏拉图.理想国[M].郭斌和,张竹明,译.北京:商务印书馆,1986.
② 黑格尔.美学第一卷[M].朱光潜,译.北京:商务印书馆,2017.
③ 曾佳.当代"文学终结论"问题论争研究[D].南昌:江西师范大学,2021.

化文化的世界范围内，其作用越来越小"。后来，他在《全球化时代文学研究还会继续吗？》中又说道，西方的文学概念"不可避免地要与笛卡儿的自我观念、印刷技术、西方式的民主和民族独立国家概念，以及在这些民主框架下言论自由的权利联系在一起"①。我们都知道，在西方，笛卡儿、印刷术、民主和民族的概念出现较晚，既然文学的概念和它们有着不可分割的联系，那么，文学概念的出现也不会早于17世纪末、18世纪初。黑格尔赞成德里达关于电信技术正在改变文学的观点。德里达此前曾经说，在特定的电信技术王国中（从这个意义上说，政治影响倒在其次），整个所谓的文学时代（即使不是全部）将不复存在。

## 第一节 当下文学的处境

20世纪90年代，雷达在《文学活着》中提道："大概在前年，有人眼看文学向低谷急剧下滑，曾经预言，像这样下去，到不了本世纪末，用语言文字书写的纯文学即会自行消亡。"此言既出，舆论哗然，其效果不啻在平静的水面投下巨石，像哈姆雷特的追问一样："活着还是死去，这是一个问题。"②2016年发生了一件令全球文艺界感到惊讶的事情，当年的诺贝尔文学奖获得者不是一个人们传统上认同的文学作家，甚至不是如罗素和萨特那样的文学性很强的哲学家，鲍勃·迪伦（Bob Dylan，1941— ），一位非常有名气的歌手，他的歌曲极具历史性和思想深度，但是人们还是忍不住反思，它的歌曲或者说歌词是文学吗？2017年《阳光失了玻璃窗》出版，这是一部由机器人创作的诗集，当时大家也只不过将其当作一种有趣的实验来看待，虽说其结构和措辞都有可圈可点的地方，但是，没人觉得机器人会替代人类的创作。今天，人工智能（AI）技术的发展使整个文化领域发生了巨大的变化。2023年之前，并没有多少人知道ChatGPT，可是到了2023年，

---

① 出自雅克·德里达《明信片》。
② 雷达. 文学活着[M]. 北京：人民文学出版社，1995.

这种技术进步神速,迅速引起了轰动。它强大的自学能力让人瞠目结舌,何止是写"小说诗歌",连"学术论文"都能写,根据美国一些学校的实测,其论文水平超过了学生的平均水平,而且这还只是发展初期的技术。唐娜·哈拉维(Donna J.Haraway,1944— )说:"到20世纪晚期,我们的时代成为一种神话的时代,我们都是怪物凯米拉(chimera),都是理论化和编造的机器的有机体的混合物,简单地说,我们就是赛博格。赛博格是我们的本体论,将我们的政治赋予我们。"①

如德里达所言,在经济的全球化和电信技术的影响下,每个人的生活都发生了翻天覆地的变化。原来那种清晰的可以和"其他"明显分开的东西,如国籍、地域、文化等身份,因为全球化和电信技术对社会和群体的改造而变得边界日益模糊不清。而那些纯属个人的东西如身份和个人财产等形式和样态也变得和以前大不相同,一个成功的游戏账号可能就价值不菲,而别的一些东西如手机号码也可能因为人为地附加了特别的内涵而供不应求。那么,作为对社会反应最为敏感的文学,又岂能独善其身。

在人们的印象中,文学(书籍、刊物、报纸等)是隶属于印刷类的存在形式,而随着新媒体逐渐取代印刷书籍,以"图像"为主的多媒体文化把传统的文学样式推到了边缘地带。媒体技术日新月异,"图像转向"愈益发展,麦克卢汉提出了"声音空间"的概念,韦尔施也提醒人们关注"听觉文化转向"。随着自媒体的普及,人人皆可在网络上发表自己的"创作"。

海德格尔曾说:"技术统治不仅把一切存在者设立为生产过程中可制造的东西,而且通过市场把生产的产品提供出来。人之人性和物之物性都有在贯彻意图的制造范围内分化为一个在市场上可计算出来的市场价值。"② 技术是理性的产物,它在一定程度上禁锢了自由想象的逻辑,作为文学的一个主要特点,"心象塑造"被愈益遮蔽。早在20世纪上半期,霍克海默和阿多诺等就批判文化的"资本主

---

① 唐娜·哈拉维.类人猿·赛博格和女人:自然的重塑[M].陈静,译.郑州:河南大学出版社,2016.
② 马丁·海德格尔.林中路[M].孙周兴,译.上海:上海译文出版社,1997.

义化"随着资本主义意识形态发展而出现，将会导致文学丧失原本的精神面貌，由积极的社会意识形态批判堕落为政治利益和商业利益的附庸。

相对于文学作品，变化更加迅速的是对文学理论的研究。从知识社会学的角度看，文论对社会的变化更加敏感，更容易随着社会的变化而变化，为了研究和阐释文学现象，文论家不得不从社会文化各领域中寻找原因，于是众多跨学科的"小"理论此起彼伏，在合适的情况下它们会生成一种新的"大"理论，触角延伸至各个领域。"在西方，理论崛起于文学'终结'之时，它不仅以一系列新颖的概念和研究方法革命性地改变了我们对文本、结构、作者、读者、主体、意识和无意识等观念的看法，而且从话语实践和权力运作的视角对资本主义赖以生存的社会政治和思想意识形态基础进行了反思和批判。"[1]

在后现代主义时代和AI时代，各种领域和政治互相交叉，催生了族群政治、社会政治、身份政治、性别政治、艺术政治、文学政治等新的研究领域，这些多元的文化领域互相映照、自我复制、自我扩张，形成一个边界漫漶、色彩斑斓的文学世界，文学的生态远非以前那种样子，其疆界也不断扩散甚至趋于模糊。这就给文学研究提出了新的挑战：要么做出改变，要么走向衰亡。于是，文学的研究就尝试着抛弃以前的类型和范式，向其他领域的扩展似乎成了唯一的选择。"在当今的后人类时代AI时代，或许它将成为一种理论常态。"[2]

如今网络的发达和信息的瞬息性让人们能够接收和处理大量的信息，原来那种静下心来，"点亮小橘灯，同读一本书"的静心态和慢生活似乎已经远离了人们的生活。网络文学和网络视频无处不在，甚至和网络购物绑定在一起来进行推销。这对于全球数不清的手机用户来讲具有极大的便利性。生活节奏加快，工作压力加大，人们会更多地去选择即时性的、短时性的娱乐体验，以缓解身心的疲惫。

毫无疑问，图像具有无可比拟的直观性和接受的迅捷性。有些学者认为，"图

---

[1] 周计武. 语境的错位——米勒的"文学终结论"在中国 [J]. 艺术百家，2011，27（6）：89-95.
[2] 姜文振. 人的文学的终结与文学研究的可能指向 [J]. 青海社会科学，2020（1）：151-158.

像"早已战胜了"文字",人类进入了"读图时代",而传统的"文字时代"已经结束。丹尼尔·贝尔（Daniel Bell，1919—2011）说："就是当代倾向的性质,它包括渴望行动（与观照相反）、追求新奇、贪图轰动。而最能满足这些迫切欲望的莫过于艺术中的视觉成分的了。"① 在这种情况下,当代文化无可避免地由印刷文化变成了视觉文化,声音和影像,特别是影像有着强大的统摄力,它们组织了美学,统率了观众,"比较而言,整个视觉文化似乎比印刷文化更能迎合现代文化大众。"② 希利斯·米勒更是宣布："文学研究的时代已经过去了,再也不会出现这样一个时代——为了文学自身的目的。"③

如果我们考察一下传统文学的发展历史就会发现,从笛卡儿的"我思故我在"到洛克的"白板论",再到黑格尔高扬的"绝对精神"、尼采的提倡"权力意志"、胡塞尔的纯粹现象学和海德格尔的"此在",主体中的"自我"是文学中的主导性因素。文学创作有着鲜明的主体性。然而,经过了后现代主义思想的冲击以后,米歇尔·福柯说"人死了",罗兰·巴特说"作者死了"。"人在后人类的语境中日渐呈现为无先验主体的、分散的、异质的、散乱的、非中心的、充满偶然性的非自然存在的实质。"④ 各种新式电子设备、新的论文文本构成方式和新的文学写作方式的涌现,基本上改变了传统的文学生态环境,文学研究不再按照民族文学来组织研究,世界英语文学和多语言的比较文学兴起。大众文化的兴起,新的信息技术正加速塑造着人们的生活,新的文学形式,自媒体和"读图"模式大行其道,人们转向浅阅读、休闲网游、娱乐八卦,追求即时享乐和即时丢弃的快速体验。这个普遍技术化的"世界图像时代"被海德格尔称为"世界黑暗的贫困时代"。米勒表示："多数美国公民的情感和思想越来越受到电视、电影、因特网、计算机游戏等新媒体形式的控制,而不受高雅或通俗图书所左右。"⑤ 现代信息技术和网

---

① 丹尼尔·贝尔.资本主义文化矛盾[J].赵一凡,译.北京:生活·读书·新知三联书店,1992:154.
② 吴子林."文学终结论"刍议[J].文艺评论,2005（3）：10-16.
③ J.希利斯·米勒.全球化时代文学研究还会继续存在吗？[J].文学评论,2001（1）：131-139.
④ 姜文振.人的文学的终结与文学研究的可能指向[J].青海社会科学,2020（1）：151-158.
⑤ 王晓群.理论的帝国[M].北京:中国社会科学出版社,2004.

络技术的发展催生了如火如荼的网络文学,"如今,无论是什么样的作者,都喜欢在网络上随心所欲地书写"[①],只要有粉丝(读者),就会有流量,哪怕是信手涂鸦,或者异想天开。在一个商业文明和信息文明主导社会的时代,文学不再是社会文化的核心,其影响力自然每况愈下,由"中心"向边缘"位移","个人叙事"替代"宏大叙事"。据文章《消费主义和电子媒介时代下的创作活动》,美国的有些教授甚至把歌手和演员麦当娜当作一个文本进行讨论。

## 第二节 "文学终结论"探因

关于"文学之死",的确引起了广泛的讨论,赞成者有之,反对者有之,分析概念洞幽烛微者亦有之。吴矛认为"文学之死"可以理解为三层意思:一是指优秀的文学作品死了,"因为作家创造力、洞察力的缺乏和写作生命意识及灵魂意识的缺位以及文学出版机制的缺陷,有理性、有深度、有创造力的文学精品不再出现"[②]。究其原因,这主要是文学从业者为追求商业利润而忽视审美精神所导致的。二是指权威性的文学史论。三是指文学原有的文化功能被新媒体和新的娱乐形式取而代之了,大众对文学的依赖远不像以前那么强烈,因而文学失去了自己原有的生存空间。有些学者认为,米勒口中的"文学终结论"实际上指的是精英文学或经典性的文学,并不包括大众文学;有的学者认为,文学特性是个抽象的概念,无法脱离具体的、动态的和历史的文学形态而独立存在。在这个信息时代里,"新媒介通过改变文学所赖以存在的外部条件而间接地改变了文学"[③]。而有些学者则提出了自己的理解,朱立元则认为狭义的文学,即文学作品的总称,"是印刷时代的产物,'作者'作为主体和核心在其中占有主导地位。并且,这类文

---

① 赵洪涛. "文学死了":一个关系判断而不是价值判断的论调 [J]. 文艺评论, 2014(5):106-106.
② 吴矛. "文学死了"的命题与新世纪文学的新景观 [J]. 名作欣赏, 2008(1):126-128.
③ 张晓光. 误读米勒与米勒的误读——评希利斯·米勒《文学死了吗》[J]. 文艺理论研究, 2008(3):112, 113-117.

学曾经作为民族国家身份认同的重要精神资源,构成了西方人文主义传统的主要脉络"[1]。

严肃文学是一种生命和灵魂的书写,在这个拜物教盛行的时代,个体的心灵必须约束自己,让自己有意识地和物质文化保持一定的距离,从而专注于自身的成长,以达到对自身的丰富和发展。首先,"图像转向"和"视觉文化",是一种突出的当代文化特征,与电影、电视等视觉媒介相关,与传统的以文字或语言为载体的书写和阅读文化相对立。其次,"图像"在消费社会中又有其特殊含义,往往预示着身体和欲望的直接袒露、视觉刺激带来的心理激荡以及非理性过度消费等。而"日常生活审美化"则是社会生活中视觉文化日益占据主导地位后的直接后果,它在将感性力量引入日常生活的同时,也降低了人们的道德感,导致某种"去"深度的思考和肤浅的日常生活实践。[2]

信息技术的发展对文学的影响是全方位的,无论是文学创作和传播,还是阅读媒介、阅读方式、阅读手段和阅读效果都有着根本性的变化。除此之外,语言审美关系、主体对客体的感知方式和表达方式也都与以前大不相同,和图像影像相比,文字叙事优势不再。米勒认为,图像有着不同于传统文学文本以一种间接的、抽象的方式呈现给读者的特点,它所表达的含义一目了然,人们不必投入过多的深度思考。图像和影像直观和逼真的特点是文字语言艺术所不具备的,因而能够拉近真实的世界和作品之间的审美距离,"所见即所得"。自从书籍出现以来,人们已经习惯了白纸黑字的语言文本,而图像和影像的出现完全颠覆了传统的模式,给人们带来了精彩的视觉和听觉刺激,甚至于传感器等的应用可以使人们获得一定的触觉刺激。这种创新式的感知模式让人们享受全新的快感体验,这种影响是革命性的和颠覆性的。

有学者如赫伯特·马尔库塞(Herbert Marcuse,1898—1979)、西奥多·阿

---

[1] 朱立元."文学终结论"的中国之旅[J].中国文学批评,2016(1):34-48,125.
[2] 同[1].

多诺（Theodor Wiesengrund Adorno，1903—1969）、马克斯·霍克海默（Max Horkheimer，1895—1973）、马克斯·韦伯（Max Weber，1864—1920）等都强调艺术的自律、捍卫个人的自由和主张一种否定批判的美学观。无论哪一种文化、政治、经济或者意识形态，只要给人们带来了异化，压抑了个人自由，都要对之进行坚决的否定和批判。

黑格尔的"艺术终结论"可以看作米勒的"文学之死"的先声。黑格尔认为，"精神只有在精神世界里才能够找到适合它的实际存在。"[①]因此，黑格尔所说的"艺术终结"是指艺术在表达理念的崇高地位而不是某种艺术形式或艺术历史，"我们尽管可以希望艺术还会蒸蒸日上，日趋于完善，但是艺术的形式已不复是心灵的最高需要了"[②]。

康德认为审美是一种非功利性的存在，与日常生活完全不同，审美强调的是艺术的自律性表征。然而，这种观念到了当代，却遭到了挑战和颠覆，当代艺术定义的本质主义也遭到了解构危机。其中最好的例子如安迪·沃霍尔（Andy Warhol，1928—1987）的波普艺术（Pop Art）。1964年，沃霍尔将一堆肥皂盒子堆在一起，称之为艺术作品——《布里洛的盒子》，阿瑟·C.丹托（Arthur C. Danto，1924—2013）反思波普艺术，"现今的艺术已经永远失去了历史方向，艺术已经从内部耗尽了自己、瓦解了自己，以后的艺术现象不再具有任何意义，艺术已经没有未来了"[③]。波普艺术的风格主要源于商业美术形式，它的出现给艺术自我意识的探索带来了巨大的冲击，以自己的方式助力宏大叙事的终结。在此，艺术和艺术史都在哲学中走向了某种终结。除了沃霍尔对艺术的颠覆，达达主义者马塞尔·杜尚（Marcel Duchamp，1887—1968）的小便器艺术《喷泉》也是个很好的例子。大卫·戴维斯（David Davies，1864—1939）评论道，小便器并非艺术品，这是显而易见的，如果它在这个艺术品展览里偶然具有了审美属性，那

---

① 黑格尔.哲学史讲演录：第1卷[M].贺麟，王太庆，译.北京：商务印书馆，1959.
② 黑格尔.美学：第2卷[M].朱光潜，译.北京：商务印书馆，1979.
③ 阿瑟·丹托.艺术的终结[M].欧阳英，译.南京：江苏人民出版社，2005.

是它的艺术身份带来的，也就是说，如果这些所谓的根本不算艺术作品的东西不在特定的环境之中，它们是不可能被认为是艺术品的。这也表明了传统的艺术定义已经开始向现代艺术定义转型。

艺术是一种感性显现，无法脱离物质而抽象的存在，当理念回归精神世界，艺术就终结了。"当艺术与现实生活中的任一现成物难以区分时，就会意味着任何东西都可以成为艺术品，此时若想区别出真正的艺术，就要从感性体验转向理性思考，即转向哲学"①。

其实，历史地看待这个问题，我们可以上溯到柏拉图的艺术理念。在《哲学对艺术权能的剥夺》这篇文章中，丹托指出柏拉图采用了两种方式来攻击艺术：一是认定艺术是"影子的影子"与真理隔着两层，二是认为艺术在理性化方面远不如哲学精巧完美。后来，康德提出了"艺术无利害论"，黑格尔则把绝对精神放在最高位，而艺术只能说有部分绝对精神，因而哲学的理念才是最终归宿。丹托梳理了艺术的变迁，总结出了三种艺术模式：第一种是模仿的艺术，以再现为核心；第二种是作家个性的艺术，以表现为核心，和作家独特的语言组织方式和情感表达紧紧地联系在一起；第三种是以认识自身为目的的艺术，如波普艺术，它标志着艺术的终结，使艺术的哲学真理上升为自我意识，"波普艺术家们使艺术成为对自我身份的哲学认知，从而艺术和艺术史在走向其真正本质中走向了终结"②。

罗兰·巴特认为，语言符号是能指和所指的无限链接，因而不能准确地传达他的情感，于是他的主体个性就消融在能指和所指的"游戏"中。写作是一种单纯的语言活动，不是"人在说"，而是"语言在说"，作者只是一个代言人，文学只是语言的乌托邦。克里斯蒂娃又提出了互文理论，认为文本只是历史的文本，不是作者的文本，是即时写作的产物。德里达则认为距离使文学成为可能。文学是一种虚构，和现实之间有着一定的距离，能指与所指的延宕性更是拉长了距离，

---

① 阿瑟·丹托. 艺术的终结之后 [M]. 王春辰, 译. 南京: 江苏人民出版社, 2007.
② 曾佳. 当代"文学终结论"问题论争研究 [D]. 南昌: 江西师范大学, 2021.

从而显示出文学的魅力。

信息技术的发展改变了人类对时间的感知以及人类自娱的方式，纸媒的生存空间被大大地压缩了，自媒体影响力日渐强大。就目前来看，国外的脸书、推特；国内的微博、微信等拥有广大的信息发布者和阅读者，而当下的抖音也迅速崛起，成了年轻人获取信息和娱乐的核心媒体。文学从业者们忍不住提问：自媒体所传播的文字是文学吗？自媒体本质上是人们信息共享的即时交互平台，人们一般利用碎片时间通过手机和平板电脑等移动终端进行阅读，它改变了媒体的传播传统形态和模式，大多数自媒体的文章篇幅相对短小，内容紧跟社会热点，任何人都可以参与自媒体信息的发布和评论。有些发布的文章或信息来源未知，更多的时候，转发者根本就不在乎文章的信息来源，只要觉得与自己的想法相契合，就随手转发了。这一类信息往往热得快，冷得也快。有些用户在平台上转发或者分享文章不一定是阅读了以后深有同感，有的人甚至没有阅读，仅仅看了题目就分享了出去。自媒体通过投放广告获得收入，有的参与人员觉得自己发布的文章和信息有一定的稀缺性，就把自己发布的信息设置了"打赏"功能；有些人则通过"直播带货"而获得收入。自媒体内容庞杂，形式五花八门，如何调整文学的样式和形态并利用自媒体的特征去发展文学有着重大的意义。当然强调审美的自媒体文学也是有的，只是和强调实用性和娱乐性的那些内容相比是比较稀缺的，事实上，坚守也是一件需要爱好和毅力的苦差事。

西方现代意义上的文学观念是在19世纪才产生的，是伴随着浪漫主义而产生的，并在印刷产业的助力下迅速发展起来，曾经也是社会的显学，在电信技术全方位影响人们的生活之前产生了巨大的影响，无论是在舆论宣传还是启蒙上都有着前所未有的影响。它和现代民族国家也有着密切的关系，新中国成立初期，表达爱国主义，讴歌民族的文学获得了极大的发展，文学在建设现代意义上的民族和国家的过程中厥功甚伟。

在新时期文学发展的进程中，某些文学体裁的危机预警早就有了迹象。最初是诗歌遇冷，比如，在中国，1980年以前诗歌还是有着相当的热度的，很多的少年诗人因为文学上的优秀天赋而被高校破格录取，各种诗歌刊物非常受欢迎，后来，随着经济的发展，社会的变化，诗歌慢慢就不像以前那么热，前卫的同人诗人们自发地组织起来，形成了"第二诗界"，一起以民间诗刊的方式来发布自己的作品，保持诗歌的影响力。到了现在，据观察，不只是中国，就是在法国这样曾经的现代诗歌的发祥地之一，也少有人去光顾书店里的诗歌书籍。再后来，戏剧、散文，最后最重要的形式——小说，都先后有了危机感。面对这种状况，有的作家积极面对，采取理论研究和实践活动相结合的方式，上下求索，力图赋予文学以新的角色，或者在学界组织学术探讨，研究当今社会的文学角色。

在商业经济和信息技术主导的大环境下，作家被推向了社会，拥有了更大的创作自由，他们强调个人意识，文学主体的归属意识因而呈现出了普遍地向个体和自我转变的趋势。他们张扬自我和个体精神，文学创作在很大程度上也受到了"欲求"的影响，有时候这种影响还具有决定性的作用。以一种更加广阔的眼光来看，全球化的空前发展在更高的深度和广度上对新传统的适应也给当下的文学带来了更多更新的元素，"一般情况下，经济并不直接决定文学的发展，但在特定情势下，经济对文学的左右显得异常强硬和深刻。就作家而言，文学不再是一种'任务'，没有了压力，也没有了束缚，但是有了自由不一定就获得更多创作的动力。这时，个人名利或金钱很可能成为有些作家的最重要的动力，这虽无可厚非，然而，这种动力所产生的后果是有局限的。这种动力有可能将作家导向为了利益和金钱而进行价值追求，也可能江郎才尽"[①]。

电子媒介和信息技术的发展大大改变人们传统上对时空的认知，时间和空间被大大压缩了，认知和交流成为即时性的，有些学者把这种现象称为"零距离"。"零距离"便利了生活，拓宽了视野。然而，我们通过电子媒介所接触的只是图像和影像，却不是那个"真"的事物自身，而人们满足于这种即时性的了解，对

---

① 程金城. 中国20世纪文学价值论[M]. 兰州：甘肃人民美术出版社，2008.

于那个"真"的东西慢慢就不再追求,于是,"物自身"就离人们的真实生活越来越远了。久而久之,人们就把"遮蔽"事物本身的表象当成了真实,即鲍德里亚所说的"超现实"或者"超真实"。

要说文学的虚拟与图像艺术(电子游戏)的虚拟有不同的话,那么其差别就在于:一个是主动的创造,一个是被动的接受。主动的创造丰富了读者的想象力,提高了读者的理解力;而被动的接受在给我们的接受带来便捷的同时,也形成了我们的接受惰性。

## 第三节 文学尚未终结

在一片"文学之死"的唱衰声中,依然有倔强的文学从业者守望着一片麦田。尽管当下的人工智能在一定程度上能进行文学创作,所创作的作品也有可取之处,但是想在文学领域全然取代人的位置依旧是很遥远的事情,因为文学活动是一件极为复杂的事情,对文学现象、社会生活现象和文化现象的解释,对高度文学性的作品尤其是对诗歌的翻译,人类依然有着无可替代的优势,更何况,人类有着复杂的精神活动和丰富的思想情感,这更是人工智能所欠缺的。正如张伟所说:"'后人类'的审美实践仍然处于萌芽状态,当下文学领域中的'后人类'迹象多为特例,对人工智能在未来文学领域中的地位作出准确判断不太现实"[1]。比如,在机器的著作《阳光失了玻璃窗》中有一首诗《幸福的人生的逼迫》:

> 这是一个诗人的教堂上
> 太阳向西方走去我被抛弃
> 可信的蛇会做云层鱼的声音
> 听不见声音的天气

---

[1] 张伟. 技术媒介与当代文学生产的"后人类"向度[J]. 南京社会科学, 2018(9): 132-139.

若近是语言文字的艺术为自然的国人

待从我的心灵

幸福的人生的逼迫

这就是人类生活的意义

这首诗乍一看似乎挺像那么回事，可是仔细一读，它既没有思维的逻辑，也没有情感的连续，无法形成完整的诗歌意象，又何谈深度的心灵体验呢？对于审美要求极高的诗歌而言，这样的一首人工智能作品不具备时代风格、地域风格、民族风格和个人风格，它的语言模式是来自程序设定的均质化的表达。当下的数理逻辑无法创造出心灵的超越和情感的共鸣，"真善美"对于机器来说恐怕也只是几个字节。有学者认为，"机器人写诗是以逻辑的观念意象替代诗歌的隐喻意象，写小说则匮乏对细节的刻画与修辞，机器人文学因此在完美的技术上置换文学的深度语言成为平面化的语言。"[1]"世上只要有读者，只要人们的情感生活不至于枯竭，文学就永远不会寂寞，更不会走向所谓的'终结'"[2]。

米勒的"文学死了"的观点的提出更多地立足于美国的历史、经济、社会和学科状况，并非是对全世界的文学所作的一个论断。童庆炳认为："我始终认为文学和其他艺术，都各有自己独特的'指纹'，就像我们每个人的指纹都是不同的一样。"[3]他还说："文学的存在不决定于媒体的改变，而决定于人类的情感生活是否消失。"[4]文学作品反映的是作者的情感活动和审美体验，作者的创作动机是复杂多变的，虽然是个性的却不是随意的，它需要与真理性结合，从而超越个性的情感冲动。媒介虽然影响了文学的形式和内容，但是不能决定作者的审美意识形态的表达，起决定作用的是作者的创作个性或审美心理。殷学明认为："文学存在

---

[1] 谢雪梅.文学的新危机——机器人文学的挑战与后人类时代文学新纪元[J].学术论坛，2018，41（2）：14-20.
[2] 吴子林.图像时代的文学命运——以影视与文学的关系为个案[J].浙江社会科学，2005（6）：189-193，204.
[3] 童庆炳.文学独特审美场域与文学入口——与文学终结论者对话[J].文艺争鸣，2005（3）：69-74.
[4] 童庆炳.全球化时代的文学和文学批评会消失吗——与米勒先生对话[J].社会科学辑刊，2002（1）：131-133.

是人类的绝对性精神,具有人类学价值,而文学存在者是文学存在的具体化和物态化。"[1]吴子林认为:"世上只要有读者,只要人们的情感生活不至于枯竭,文学就永远不会寂寞,更不会走向所谓的'终结'。"[2]另外,语言是符号,用来传递主体的思维情感,在它们的关系中,主体的思维情感居于主导和支配地位,而语言符号居于被主导的地位。到了现代语言哲学和符号学那里,这种观点遭到了强烈的批判。符号学大师恩斯特·卡西尔(Ernst Cassirer,1874—1945)认为,人是"符号的动物",人们可以借助语言符号来构建他们的精神与现实世界,对人们的主体思维和感受方式而言,语言符号有着不可超越的先在规定性,语言即思维和感受本身,威拉德·冯·奥曼·蒯因(Willard Van Orman Quine,1908—2000)认为每一种语言就是一种世界观。德里达认为语言文字就是意义的创造者,词的意义依赖于文字,概念和意义并不是"在场"的存在,文本之外无他物,文字只有在文本中才能被赋予意义。麦克卢汉则直言:"媒介就是信息"。

米勒提出的观点有一定的背景,可是由于西方文论对中国文艺学的影响力,有中国学者认为米勒作出的是一种"普世化"论断,于是,在中国出现了长期且热烈的论战。童庆炳认为,"只要人类的情感还需要表现、舒泄,那么文学这种艺术形式就仍然能够生存下去"[3]。金惠敏也认为:"执着于文学或美学,本就是我们人类的天性;只要我们人类仍然存在,仍然在使用语言,我们就会用语言表达或创造美的语言文学。"[4]

当然,正所谓福祸相依,如果我们秉持一种宽容的眼光,不妨认为文学艺术借助于新的媒介表现了出来,加强了各艺术门类之间的融合。其中最明显的就是导演把文学作品搬上银幕,影视作品的流传也带动了原作读者群的增长,而随着

---

[1] 殷学明.本事延异与文学存在别议——兼论文学终结是伪命题[J].北方论丛,2011(1):39-42.
[2] 吴子林.图像时代的文学命运——以影视与文学的关系为个案[J].浙江社会科学,2005(6):189-193,204.
[3] 童庆炳.文学独特审美场域与文学入口——与文学终结论者对话[J].文艺争鸣,2005(3):69-74.
[4] 金惠敏.趋零距离与文学的当前危机——"第二媒介时代"的文学和文学研究[J].文学评论,2004(2):55-64.

影视作品的走红，这些被改编的文学作品的纸质出版物的封面和插图也都是取自影视中的画面。科技的发展和"读图"时代的来临并不必然会导致文学的终结。李衍柱认为，因为文学仍然是语言的艺术，只要语言继续存在，文学就不会走向终结，图像世界中的文学依然是写人的文学，是为了人、写给人看的。"世上只要有读者，只要人们的情感生活不至于枯竭，文学就永远不会寂寞，更不会走向所谓的'终结'。"①

科技的发展改变了文学的样态，但是一部作品只要是文学，那么它必然是有着文学性的，文学性是永恒存在的。语言是文学的载体，语言学和符号学的发展必能将文学推到更宽广的空间。在新媒介形式下，图像元素和语言的多元结合是必然的。随着技术的突破，更新的媒介的诞生也不会彻底消解文学性，只不过，新媒介改变了读者的感知方式、接受方式和交流方式。"执着于文学或美学，本就是我们人类的天性。"②

其实，现在边缘化最明显的是严肃的文学，也就是精英文学，包括纯文学。严肃的文学常常带有浓厚的人文精神，对人类社会和人类命运有着深沉的思考，用启蒙的视角去虚构一个存在的乌托邦，对当下的社会现实则秉持一种批判的态度。严肃文学怀有对下层人民命运的深切关注，它的人文关怀性、审美性和批判性使它有别于其他文学。"在本体论视野里，文学的生成与存在，缘于人类对自身的反观。"③

从人的精神需要层面来说，严肃文学对"真善美"的价值追求仍然是不可或缺的，仍然有其难以替代的作用。吴矛认为，"但优秀的严肃文学总会通过各种方式辐射出自己的影响力的"④。文学是人学，无论社会的发展和技术的进步对人

---

① 吴子林. 图像时代的文学命运——以影视与文学的关系为个案 [J]. 浙江社会科学, 2005（6）: 189-193, 204.
② 金惠敏. 趋零距离与文学的当前危机——"第二媒介时代"的文学和文学研究 [J]. 文学评论, 2004（2）: 55-64.
③ 盖生. "文学终结论"疑析——兼论经典的文学写作价值的永恒性 [J]. 文艺理论研究, 2006（2）: 52-60.
④ 吴矛. "文学死了"的命题与新世纪文学的新景观 [J]. 名作欣赏, 2008（1）: 126-128.

"异化"到什么程度，人的本性是不会变的。因此，只要人不"死"，语言不"死"，人追求精神自由超越的愿望不"死"，文学就不会死。"图像和声音不能代替文字，就像手不可能代替脚一样。同样以叙事和情感为核心要素的影视等艺术样式有限的具象性艺术空间，永远都不可能消融和替代文学无限的想象性艺术空间。"[①]

随着社会的发展、新的技术与生活形式的出现，新的文学形式也会不断出现，现代科技强势介入和改造人类生活，包括文学，这是一个不争的事实。"无论人生存状况发生何种改变，文学都将作为一种特别的、心灵的、具有个人化的文化载体而一直存在，为人类的灵魂、精神、梦想服务。"[②]

对文学研究来说，破坏了文学本质的未必就是解构主义的思考方式。德里达的"撒播"、鲍德里亚的"拟像"和福柯对权力的解构也只是一种看待问题的角度，要说这种角度颠覆了人们欣赏文学的传统有点严重了。

科学技术对人类生活的塑造和改造作用日益强大，对人类生产力的提高、生产关系的重构，甚至对人类本质的定义更加准确，文学的理论话语的弱势地位也是愈来愈严重，为自己的辩护也愈来愈无力。19世纪以来，甚至人文学科也不得不进行量化分析、样本分析和抽象化分析，似乎人文学科越向科学主义靠拢就越"科学"一样。对此，很多学者非常不赞成这种状况，金融投资者乔治·索罗斯（George Soros, 1930—　）认为，社会科学和自然科学之间存在着巨大的不同，自然科学是从事实到事实的链条，而社会科学则是它所研究的事件包含思维参与者，这就构成了不确定的要素，它"是参与者的思维本身而不是外部观察者的干扰"。"如果在这一系列中出现了思维参与者，研究的内容不再局限于事实，还应该包括参与者对事实的认知（perception）。在这里，因果链并不是直接从事实导向事实，而是从事实到认知，再从认知到事实。如果在事实和认知间存在某种对应（correspondent）或等价关系的话，这当然不至于会产生任何难以克服的障碍，

---

[①] 吴矛."文学死了"的命题与新世纪文学的新景观[J].名作欣赏，2008（1）：126-128.
[②] 姜文振.人的文学的终结与文学研究的可能指向[J].青海社会科学，2020（1）：151-158.

不幸的是这种假设无法成立，因为参与者的认知所涉及的不是事实，而是一种本身取决于参与者认知的情境，因此不能看作是事实。"①

思维与情感是文学中最重要的因素，虚构是文学核心的特色之一，没有人会天真地从文学作品里面寻找事实，因此，在人文科学中，参与者的思维不仅仅和事件的进程互相影响，参与者之间还会相互影响。既然参与者们的思维是动态变化的，那么，它们只与事件的过程相关，而与事实无关。相比之下，自然科学的结构是简单明了的，"一个接一个的事实排列在无穷无尽的因果链条之上"②。索罗斯还说，"在自然现象领域中，科学方法只有当其理论证据确凿时才是有效的；而在社会、政治、经济事务中，理论即使没有确凿的证据也可以是有效的。"③

如果我们少一点"末日情结"，多用乐观的态度去看待电信时代的文学现象，我们也许会觉得情况并没有那样糟糕。因为，图像和影像不但重组了文学的审美构成，还创造出新的视觉审美文化，给读者带来无距离和瞬时性的感性快乐。新媒介下的文学呈现出了完全不同于以往的形式。因此，说文学丧失了生存领域为时尚早，电子信息和数字媒介反而在帮助文学拓宽传播空间上作用非常大。"任何新媒介都是一个进化的过程，一个生物裂变的过程。它为人类打开了通向感知和新型活动领域的大门。"④

彭亚非认为，尽管在当前这个时代，图像日渐显现出"霸权"，但是，图像的影响在审美的"内视性"上却无法和文学相比，文学的审美诗意空间是广阔无垠的，因此，文学不会终结。即使在这个艰难的时刻，依然有不少坚持审美批评的人，布鲁姆、昆德拉、纳博科夫和苏珊·桑塔格的作品依然有着广大的读者，中国的余华、莫言等作家也依然在坚守着文学的审美和批判。"在文学研究中，一方面，历史文化的宏观描述从来都不是文学如此这般的充分条件；但另一方面，

---

① 乔治·索罗斯.金融炼金术[M].孙忠，侯纯，译.海口：海南出版社，1999.
② 同①.
③ 同①.
④ 埃里克·麦克卢汉，弗兰克·秦格龙.麦克卢汉精粹[M].何道宽，译.南京：南京大学出版社，2000.

文学研究的根本使命又从来都是显示历史之为历史、文化之为文化的意义。"①电信时代和信息技术导致了新的景象：网络社区和电子社会的出现和发展，改变了人类的感知方式，使人们的感知经验出现了转变。海德格尔有一句名言，"语言是存在的家"。人类深沉的梦想和复杂的人性以及人类在历史上所创造的知识是需要语言来承载的，而文学，正是其中的一员主将。而在当今这种电信技术和电子媒介的强势背景之下，依然是人类对审美的需要才保证了文学的一脉传承。"人就其本性来说，不会仅仅止步于感官的满足。人作为一种'能思考的意识'，总是要寻求生的意义和价值。而语言恰恰与思想有着一种天生的共生关系。"②

自从文学出现以来，至今已经经历了三次大的转型：最早的口传文学，印刷时代的文学，当今的电子图像文化时代的文学。文学虽然形式样态大不相同，但是它一直存在着，并且随着时代的发展变化而发展变化，适应着人们的需求，只不过这种变化有时候跨越很大，让人们一时很难接受，因此总会让人怀疑文学是否正在走向终结。"一时代有一时代之文学，文学从未终结过，而是随时代换了一种形式存在。"③

## 第四节　发展的文学观

随着信息技术的加速发展，人类正处在一个从人文主义向后人文主义转换的过程中。不同学科之间的界限被打破，不同领域的交叉也成为常态，文学的创作、欣赏、生存方式也不可避免地出现了根本性的变化。在中国百余年来的文学发展历程中，出现了众多的文学与文学研究的时代性变迁，五四运动时代的文学启蒙，20世纪五六十年代的政治和阶级文学，走向内省的80年代文学，以及当今的开放性文学，都曾经领导时代的潮流，呈现出自己独有的特色。"正是在与社会、政治、

---

① 汤拥华.文学终结论：文学理论的救赎与反思 [J].文艺争鸣，2008（3）：89-96.
② 夏秀.电子媒介时代的文学 [J].山东社会科学，2009（5）：60-64.
③ 曾佳.当代"文学终结论"问题论争研究 [D].南昌：江西师范大学，2021.

文化等多重联系之中，才确证着文学研究、文化研究的理论'自身'的价值。"[①]

当今这个时代，商业消费的力量和技术，尤其是电信技术的力量正在重新定义着人类，也推动着作为"万物的灵长"的人类去思考生命的本质，传统人文主义的主体原初的统一性、完满性、普遍性随之消解。原来那种现在的、超验的、元话语叙事的"人"的概念变得模糊起来，"非人"的元素慢慢地丰富起来，后人类后人文等新"后学"时代来临了。

从历史上看，文学未曾忽视过读者，很多时候，读者的主体对作者有着巨大的影响力。在古代社会，文学的主要传承者和传播者是游吟诗人，有人考证，《荷马史诗》的作者很可能就是一位游吟诗人。毫无疑问，这些游吟诗人背着竖琴在古代欧洲的大地上流浪，他们把这些英雄的歌曲和故事献给国王或者部落的酋长们，只有他们有能力去供养这些诗人。同样，骑士传奇也是唱给贵族听的，莎士比亚的戏剧主要也是给贵族看的，因此，里面的角色自然是贵族。如果没有庞大的市民群体作为读者，小说的兴起也是不可想象的。进入资本主义社会以后，随着人们文化水平的持续提高，依靠写作谋生的职业作家群体形成了。这些作家里面，也有很多为了经济利益重量而不重质，如生涯后期的菲茨杰拉德，写出的作品并没有得到读者的共鸣，利益惨淡。那些批判现实、针砭时弊的作品反而广受喜爱，如狄更斯的小说。而一个在"名利场"里浮沉的时代，却造就了众多的文学大师和经典作品。巴尔扎克就是个好例子，他初涉文坛时的媚俗化作品没有得到市场的认可，后来他的批判现实主义的作品不但给他带来了丰厚的收益，也成就了他的一世英名。

"艺术终结，意味着艺术自身在内容和形式上发生新的变化、新的转折，意味着成为另一特点的艺术。"[②] 就拿中国而言，唐代，诗盛极一时，词乃"诗余"是"艳科"。到了宋代，词大行其道，曲是"词余"，"曲"则在元代达到鼎盛。

---
① 姜文振.人的文学的终结与文学研究的可能指向[J].青海社会科学，2020（1）：151-158.
② 薛华.黑格尔与艺术难题[M].北京：中国社会科学出版社，1986.

王国维认为："凡一代有一代之文学，楚之骚，汉之赋，六代之骈语，唐之诗，宋之词，元之曲，皆所谓一代之文学，而后世莫能继焉者也。"①

虽然文学的多元化无可避免，但严肃文学的写作也不会消失，因为它们承载的审美和人文精神是人类文明不可或缺的。"而在当下多元化社会语境下，文学的走向应该是从自身特性生发出与社会相互指涉、对话、提升的价值需求和生存张力，既是审美的，又是人文的；既具有意义的生长点，又是适度的娱乐休闲，总之，文学不仅不会终结，而且还将有一个全新的起点。"②

如果以历史的眼光来看，"文学"本身就是一个动态变化的事物，古希腊罗马时代主流的文学样式是神话、史诗、悲剧等，到18世纪小说的出现，"文学"的范畴一直在不断地变化着，其内涵也在变化着，"'文学'的含义总是被赋予的，随着社会条件的改变而改变"③。

就算"文学终结论"已经得到广泛的认可，而人们首先对危机作出正确的"诊断"才是疗救的开始。"不是文学用文字媒介去完整地表现人类主体情感，而是文字媒介造就了文学这一人类独特的情感生活方式（如米勒所言）。既然书写与印刷形态的文字可以塑造人类的文学的情感生活方式，那么新兴的电子图像媒介同样可以造就出全新的人类感受方式来代替它。并且在这样一个兴替过程中，人类自身是无能为力的，因为媒介是一个异己的、任何主观意志无法改变的公共存在物。"④

对于"文学性扩张""日常生活的审美化""文学的越界"等问题要有一个正确的认识。当下的网络文学和摄影文学等跨文体写作和边缘文体大肆流行，很多的网络神曲、通俗小说、新闻主义和诗性广告等极难界定。只要能够以最快的速

---

① 王国维. 宋元戏曲史·自序 [M]. 北京：东方出版社，1996.
② 盖生. "文学终结论"疑析——兼论经典的文学写作价值的永恒性 [J]. 文艺理论研究，2006（2）：52-60.
③ 辛楠. 对"文学终结"问题的再认识——兼论技术对艺术的影响 [J]. 江汉大学学报（人文科学版）2010，29（2）：51-55.
④ 吴泽泉. 对"文学终结论"的再思考——为德里达和米勒辩护 [J]. 新余高专学报，2003（1）：5-52，55.

度繁盛起来，以最有效率的方式获得大众的认可和喜爱，它就是成功的。审美活动走进寻常大众的生活，文化休闲设施随处可见，博物馆、图书馆、书画院、剧院，甚至于休闲广场、健身房、购物中心、街心花园等公共空间也不乏审美元素。文学的思维和表现方式，亦即"文学性"全面扩散开来，成了大众社会生活的重要特征。

就中国的现实情况来看，文学研究向文化研究转变，这种转变主要有两种趋势：一种是文学研究对象泛化成了文化研究，主要针对纯文学如诗歌、散文、小说等；另一种则是在文化视野中研究文学，可以称之为文学领域内的文化研究。很多学者担忧文化研究转向会进一步挤压文学的生存空间，淹没文学和文学文本研究，以至于文学研究最终被文化研究代替。其实这种观点有点杞人忧天了，文化研究源自英国伯明翰学派，他们的学术研究的目的就是拓展文学研究领域，给文学研究带来"源头活水"。面对文学危机，有些学者如陶东风、余虹、金元浦等认为传统的文学研究是自我封闭的本质主义研究，这种研究丧失了自我反思的能力和自我更新的能力，因此，可取的做法是放弃传统的文学研究，冲出体制化和学院化的藩篱，把研究的重点转移到"文学性"或文化研究上去。但这种建构主义的观点遭到了一些学者的反对，因为文学性和审美的泛化是很难精确界定的，日常生活的审美化和文学性扩张可能只是欲望的感性表现，实际上是商业活动和信息技术有意识制造的一种假象，它使得审美活动世俗化，消弭了文学的审美价值，虚化了文学中的人文精神，浮于表面的所谓的温情脉脉的诗和远方更多的是追逐商业利润的包装。因此，一个真正的作家或者文学研究者应该坚决地捍卫严肃文学的边界，坚守审美和人文精神的底线，以免丧失文学的本位和研究的意义。在中国，文学的界限在历史上就没有严格的区分，文学与非文学的界限从来就不是泾渭分明的。如魏晋之前的"文学"就是一个非常宽泛的概念，《文心雕龙》里面就罗列了34种文体。除此之外，"各种文体之间的互文现象十分普遍。以源自民间说唱艺术的白话小说为例，它经常于散体叙述之中插入诗词文赋等文言文体，形成了'文白相杂''各体相杂'的独特风貌"①。

虚构性和想象性是文学不可或缺的特征，在文学世界中，现实生活无限地延展。我们常说"人生如戏"，然而很多时候，戏比人生更加真实，文学自古以来就是人类的精神家园，涵纳了多少情感和信仰，深厚的精神享受和心理补偿蕴养了多少上下求索的灵魂。我们在享受着"日常审美化"带来的便利和快感的时候，也不能抛弃真正的审美精神，应自觉地去抵御商业和信息对文学艺术的侵蚀，让自身还能有个家园去"诗意地栖居"。

马克思主义认为：人的本质是自由自觉的劳动，社会是人的社会，人是社会的人，因此，人是一种"共在"，"在其现实性上，它是一切社会关系的总和"②，而社会关系是动态的变化着的，人的本质也是一个动态变化的产物，世界上不存在抽象的"人"，"人"都是一定社会历史阶段的人，它不是永恒不变的。那么，作为应人类之需要而产生的文学也自然不是一个永恒不变的事物。"在西方，科学主义与科技经济的发展，并未解决人的问题，人类在日益获得更多外在自由的同时，并未获得内在的自由，物化自然的关系或对象化的发展，以至于连人的精神空间都被占领以至于消灭了，人为获得自由所采取的手段，最终竟取代了目的本身。"③在社会关系的历史发展过程中，人的本质也在不断发生变化，这就对文学提出新的要求，因而，文学也是一个动态发展的事物。文学都是具体时间和空间中的人为了解决自己本身所面临的问题而产生的，以前看来是真理的东西，随着条件的变化，也会变得不再那么"真"了。美国哲学家普特南认为，有"多种世界"的存在方式，而且理论和真理也有很多种，没有一成不变的标准。"并不存在我们能知道或能有效地想象的上帝的眼光，存在着的只是现实的人的各种看法，这些现实的人思考着他们的理论或描述为之服务的各种利益和目的。"④

---

① 周计武. 语境的错位——米勒的"文学终结论"在中国 [J]. 艺术百家，2011，27（6）：89-95.
② 中共中央马克思恩格斯列宁斯大林著作编译局. 马克思恩格斯选集：第 1 卷 [M]. 北京：人民出版社，2012.
③ 敏泽，党圣元. 文学价值论 [M]. 北京：社会科学文献出版社，1999.
④ 希拉里·普特南. 理性、真理与历史 [M]. 童世骏，李光程，译. 上海：上海译文出版社，2005.

# 后 记

文学是人文学科的重要组成部分，在人类文明的传承历史上起过并一直在起着关键性的建设作用。文艺复兴 14 世纪起源于意大利，造就了彼得拉克、达·芬奇、米开朗琪罗等灿若星辰的文艺巨匠们，他们高举人文主义的大旗，向着教会的黑暗堡垒发起冲锋，用他们的开创性思想一举把人类从教会的精神统治之下解放出来。此后，文艺复兴迅速向欧洲各地蔓延，渐成燎原之势，一直到 16 世纪，莎士比亚终于达到巅峰。从此以后，人成为这个星球上真正的主宰。在英国，大批的作家们加入了启蒙运动的行列，如笛福、斯威夫特、约翰逊等。他们的作品和言论，在社会上产生了巨大的影响力，推动了社会的大踏步前进。我们同样也不能忘却 20 世纪早期那场肇始于苏格兰的思想运动，它也是一场文学运动，但是它的影响远远超出了文学，还深刻影响了音乐和政治等领域。它不但开启了苏格兰的现代主义思想，带领苏格兰进入现代主义，还走出自己的国土，给欧洲和北美都带去了宝贵的文化财富。在美国，1860 年前后的废奴文学点燃了废奴运动的发动机，推动着北方的工业者打败了南方的种植园主，把工业推向全国，美国迅速成为世界强国。而 19 世纪末 20 世纪初，由新闻记者如麦克卢尔和斯蒂芬斯等以及一些作家如诺里斯发起的"扒粪运动"运动，向美国的"黑幕"吹响了冲锋号，吸引了越来越多的知识分子加入揭露黑幕运动。他们怀揣着人类的良心，不屈不挠地调查、研究和发表文章和小说，辛辣地嘲讽和揭露资本主义经济发展的黑暗和血腥，痛斥着政府中大批官僚的贪婪和无耻，终于打破了既得利益者的铜墙铁壁，推动着立法机构通过了食品法等多部法律，推动了社会的进步，给底层的百姓带来了信心。

在中国亦是如此,没有文学的参与,中国也不会如此迅速地抛弃腐朽没落的封建制度和封建思想。五四运动时期,有远见、有学识的学界人士以各种文学杂志和文学创作为根据地,对造成中国积贫积弱的封建体制进行了全面的揭露和批判,打破了沉闷封闭的社会思想控制,在"长夜难明"的夜空撕开了一道口子,让新思想的风气吹了进来,为社会变革做好了思想上的铺垫。在"重庆谈判"期间,毛泽东在国统区的报纸上发表了著名的《沁园春·雪》,震动了国统区的文学界和思想界,展现了马克思主义革命者的英雄气概和博大胸怀,预示了革命必将胜利的未来。

文学虽是虚构的,但是文学作品所蕴含的审美精神和人生哲理却是宝贵的财富。当下中国的社会正处于转型期,在这个全民力争上游的时代,文学在保持自身的审美特质、社会批判特质与放下身段去适应大众文化之间,依然在艰难地行进着,我们不宜妄自菲薄,而是应该和时尚保持一定的距离,在心底存有一份清醒和期待。未来,当转型期过去以后,文学必然会在保持传统的人文精神和适应新的历史时期上走出一条崭新的道路。

# 参考文献

[1] 万娜.文学本质界说中的审美问题研究[M].武汉：华中师范大学出版社，2018.

[2] 阎嘉.文学理论基础[M].重庆：重庆大学出版社，2014.

[3] 王元骧.文学原理[M].杭州：浙江大学出版社，2018.

[4] 王金山.当代视角下的文学理论研究[M].长春：吉林出版集团股份有限公司，2020.

[5] 高宏生.文学的诗性本质与价值结构[M].北京：新华出版社，2003.

[6] 王元骧.文学的真谛[M].济南：山东文艺出版社，2019.

[7] 魏建亮.中国当代文学理论的反思与重构[M].上海：上海人民出版社，2022.

[8] 姚文放.文学概论[M].南京：南京大学出版社，2000.

[9] 宋效永.中国文学的艺术本质论[M].北京：学苑出版社，1989.

[10] 王利云.文学概论新探[M].北京：中国社会出版社，2008.

[11] 钟进文，增宝当周.试论区域文学与民族文学融合的价值及文学教育意义[J].西藏民族大学学报（哲学社会科学版），2023，44（2）：87-91.

[12] 樊亚琪.基于想象力的文学阅读及价值重构[J].西华师范大学学报（哲学社会科学版），2023（2）：85-92.

[13] 南帆.文学批评：审美主义及其历史视域[J].学术月刊，2023，55（11）：136-145.

[14] 常娟.文学的审美与道德关系论析[J].南昌大学学报（人文社会科学版），2023，54（6）：120-128.

[15] 毛晓蕾.试论文学语言的审美特征[J].新楚文化,2023(19):16-18,40.

[16] 杨扬.对文学与人类命运共同体相互关系的一点思考[J].百家评论,2023(5):38-40.

[17] 南帆.现代文学——概念、审美、娱乐[J].民主,2022(1):50-52.

[18] 徐海霞.文学在大学生心理健康教育中的作用[J].中国学校卫生,2023,44(1):163-164.

[19] 闫娜.中国古代文学娱乐观的一般辨析[J].辽宁师范大学学报(社会科学版),2017,40(3):77-84.

[20] 赵学存.论文学审美意识的三种形态[J].淮北职业技术学院学报,2023,22(4):95-99.

[21] 黄筠然.童庆炳文学审美本质论研究[D].南充:西华师范大学,2018.

[22] 李思玲.文学伦理批评的当代发展研究[D].南昌:江西师范大学,2017.

[23] 蒿帆.刘勰文学发展观阐释研究[D].汉中:陕西理工大学,2017.

[24] 闫听.文学理论中的本质主义与反本质主义[D].石家庄:河北师范大学,2011.

[25] 张鹏.文学生态变化背景下的中国新世纪文学发展研究[D].南京:南京师范大学,2016.

[26] 周云颖.当代本质主义文学思想研究[D].南昌:江西师范大学,2015.

[27] 刘绍峰.文学重建与民族国家新生[D].长沙:湖南师范大学,2014.

[28] 胡涛."文学性"研究[D].武汉:华中师范大学,2013.

[29] 徐亮.文学理性问题研究[D].杭州:浙江大学,2006.

[30] 程培英.比较文学若干理论问题的思考[D].上海:复旦大学,2013.